滄海叢刊

放鷹

吳錦發 著

1980

東大圖書公司印行

行政院新聞局登記證局版臺業字第〇一九七號

中華民國六十九年四月初版

© 放 鷹

基本定價 貳元

著作者 吳錦發
發行人 莊剛彰
出版者 東大圖書有限公司
總經銷 三民書局股份有限公司
印刷所 東大圖書有限公司
臺北市重慶南路一段六十一號二樓
郵政劃撥一〇七一一七五號

序

當上一名副刊編輯，彈指已歷一年有半，備嘗忙碌與疲憊滋味。衡量自己的年歲、精力，且又是一名搖筆桿的人，原本實在不應該承當這種工作的。其所以不自量力而出此，內心裏固然不無某些抱負，而發掘、培養新人則確爲其中最重要者之一。想想自己初學之際，最大的渴望就是有足夠的發表園地，以及充滿善意的編輯人。有了副刊，自己不就可以扮演這種「與人爲善」的角色嗎？這些日子裏，不敢說自己是否成了善意的編輯人，然而可得而定者，我確實認識了爲數不少的文壇新面孔，而且多半建立了深厚的忘年情誼。本書作者吳錦發就是其中的一位，我還確定他是最能對小說創作燃燒着一份熱狂，並且極富潛力，也極富才華的一位。憑這份熱狂及才華，我們可以預料再也不會有什麼阻力，抵擋他在小說創作方面邁向成功的途徑。

其實，吳錦發在寫作方面，早已顯露了卓越的才份。遠在四五年前，他就醉心於寫作，而所寫則多爲散文。其後——大約是從三年前吧，他把筆觸漸漸地指向小說的創作，而在這一年半之間，與趣驟然變濃，數量相當可觀的小說作品一篇篇地寫成，並且經過我的手在我主編的刊物『臺灣文藝』『民衆副刊』上發表出來。最令人驚異的是他的進步神速——早期的作品這裏不必提，光是收錄在本輯裏的作品，如果依寫作前後次序來審察，卽可明顯地看出，不論就技巧而言，或內含而言，都有飛躍的進境。前面說他進步神速，其實像他那種以全部業餘的精神與力量灌注到此道上面，甚至我還可以想像他一有空卽讓思考在小說創作方面轉動，想他的小說人物、情節，安排佈局，苦苦挖掘其內含與精神深處，其能有如許進境，毋寧是當然而然的。

本書裏所收錄的十多篇作品，大別之可分成兩種類型，其一是取材於大千世界的種種切切的，另一爲可稱之爲純鄉土的作品。

先說前者：作者吳錦發最令人驚異的是社會接觸面的廣。錦發離開校門還不過兩三年光景而已，但我們從本書裏屬於這個類型的八篇作品，卽可看出他的「觸鬚」竟能伸展到當今社會上的很多不同階層，而且瞭解得很深，挖掘出來的問題也包含着極爲深廣的層面。

如「放鷹」裏寫的是電影界不爲圈外人所知的一批從事「武行」工作的臨時演員的辛酸；「夜半琴聲」處理了退伍老軍人生活上、感情上的問題；「唐吉訶德的夢魘」寫的是一羣在校園裏辦校內報紙的同學，由於受到無理的壓制而遭受到的挫折；「蚱蜢」探討的是當今教育方面極值得重視的問題等，都是富於一種社會意識的作品。此外，「燈籠花」裏處理的是家庭裏的婆媳相處問題，因這位婆婆是日籍婦女，所以情況來得似乎更爲複雜；「遺書」寫的是一個謎樣的大學女生的多種不同面貌的感情波折；「巨鼠」在寫實的骨架上，寫出了略帶虛幻味的人類困境。

以上諸篇，多數在本書裏恰巧也是屬於較早期的作品，每篇每篇，我們都可以看出作者苦心經營的痕跡，技巧都相當老到，並且隨處運用電影手法，造成頗爲鮮明的意象。接觸面的廣泛，技法之巧，這些都是其來有自的，因錦發在大學時就從事社會工作，畢業後却成爲一名電影從業人員。然而，我們有時也不免偶而感覺到，有些作品由於刻意求工，有時反令人有以技巧勝的感覺，少數篇作品，還給人內容駁雜，語彙稍嫌貧乏之憾。如果這是一種缺陷，那麼我們在本書的另一類型的，也多數是較近期的作品裏，看到明顯的改正，易言之，錦發那麼清楚地發現到自己的缺失，並力求糾正，於是在我們眼前展現了一個嶄新的境界。

這另一個類型的，也就是純鄉土的作品，並且也都是發表於去年一年內的作品。大約依序爲「大鯉魚」，寫祖孫倆去河裏抓一尾大鯉魚未能抓着的故事，其中以兒子有意出售田畑爲穿挿，交代出農村經濟情況崩潰後，農人競相流入都市淪落而爲小工、小販等情形；「牛王」是以一系列的作者以童年時期爲本寫成的作品（本集中尚有「貓」「大鯉魚」「蚱蜢」等均可歸於此類），寫一孩童放牛讓牛走失，然後與祖母去尋覓的故事，主題交織在年輕一輩準備賣老牛，老祖母則堅決反對的對立情況上；「出征」寫一農人，鄉居的耕作因利潤奇薄到了無法維持最起碼的生活，因而不得不冒險參加阿拉伯工程隊去工作。

這一系列作品，作者都安排執着於土地的老人，堅持死守祖傳田園的情懷。然而，年輕一輩厭棄了土地嗎?對土地不再信任了嗎?答案是否定的。他們祇是爲了生活，爲了一家人的生計。在作者筆下，這些卽將背離土地的人，也都有那麼一份刻骨銘心的無奈。然後，我們看到了「堤」一作，寫的是爲了築堤以防水流呑蝕土地而與河水搏鬬的老人的故事。年輕一輩依然是偸偸地在準備着把土地賣給工廠，以便脫離耕作的苦海。老人一次又一次地失敗，可是他的堅毅不屈，可以說是承襲了我漢民族數千年來的傳統精神，直逼大地兒女的原型，讀來令人血脈賁張，激動不能自已。他們儘管受到無情的摧殘，但他們永遠敬惜土地，熱愛土地，把耕作當做一件崇高的事，至死不渝。

去年，臺灣農村又發生了一件極嚴重的事態，卽猪價慘跌，造成無數的養猪農人血本無歸，蒙受慘痛損失的情形。吳錦發是農家出身，深知養猪工作在臺灣農村所佔的重要性，以及一般農戶對養猪收入的依賴性。他曾告訴我說有三個有關乳猪的故事可以寫，我戲稱那該是「乳猪三部曲」了。可惜吳君僅完成其二，卽本書中的「烤乳猪的方法」及「悲歌」。前者寫猪價慘跌之後，將小猪扛到深山去放生者有之，宰之以烹食者有之，本篇卽寫一家人圍吃烤乳猪的故事。末尾宰猪一幕，驚心動魄;養猪的母親將猪肉勉強塞入口中，不忍下嚥而潸然落淚，更令人泫然者久。後者「悲歌」寫被放生的乳猪，從山野裏出來偸吃作物，農人不得不以木劍撲殺的故事，讀來那一刀刀恰如砍在我們心上般地痛楚，令人有掩卷不忍卒讀之槪!

筆者特別推崇「悲歌」這一篇，乃因本篇驅用僅僅五千來字的篇幅，以最簡鍊的方式，層次井然地交代了這麼一個動人心魄的故事。這是大地兒女的嗚咽，也是一闋大地的悲歌，彷彿傳達出我們這塊泥土的悲慟訊息。雖然養猪問題祇不過是衆多的當今農村問題之一，也極可能祇是一時的現象而已，然而所以形成這個問題，不用說是許多因素造成的。故此，我認爲錦發的這一篇最近的作品，不僅有其文學價值，而且極可能成爲歷史的文獻。

此外，綜觀全書，我們尚可發現非常重要的一點，就是作者在近期的作品中嚐試了一種特殊的文字技巧，那就是方言的驅用。讀者當不難從錦發的那些純鄉土的篇章裏發現出爲數頗爲不少的閩客兩種方言。錦發本身是美濃客屬，在臺北居住有年，兩種臺語都熟諳，故而在表現特殊情態或者口吻時，各取適切者而加以運用。在作者來說，這是爲了加強鄉土色彩，增加描繪效果，應是存着豐富我們的文學語言的意圖在內。就這一點而言，筆者個人認爲這種嚐試是值得讚揚的。由於我個人也是熟悉兩種臺語，故讀來常有神態躍然之感，但在非通曉兩種臺語的人看來，是否亦有此效果，恐怕還需要下一番查證的功夫。

我還知道不少客屬人士的作家，一般的趨勢是他們在運用方言時，多半傾向於閩語。這大概也是無可如何的吧。錦發的嚐試，在這種情況下也可以說是異常珍貴的。很希望有心人好好地研究這個問題。

※

執筆寫這篇小文當中，筆者在十分不得已的情形下離開了副刊編輯的工作崗位。以後大概不可能再當錦發每一篇作品的第一個讀者了。不過我深深相信，在錦發個人來說，這本處女集子的出版，正是一個美好的開始。往後的無數歲月中，他必定會以穩實堅定的步伐邁向成功之路——事實上他也這麼告訴我了：「我還是會寫下去的，而且會寫得更勤更用心。」希望這位年輕的好漢不要忘記這個誓言。

鍾肇政

一九八〇年二月一日

離開民衆日報之日

識於九龍書室

放鷹 目次

鍾肇政

蚱蜢

「開門，開門。」小清用力地拍著門，大聲呼喊，眼淚快要掉下來了。拍了幾下便停下來靜聽一會，沒有聽到回聲，又用一雙小拳頭拚命搥著。依然紋風不動，門已經被媽媽從外面鎖上了。搥了好一會兒，直到小拳頭都紅腫起來，又辣又痛，再也沒有力氣搥了才洩氣地坐下來，咽咽地低泣。

像這樣孤獨地被鎖在書房裏，小清每個月經常都要碰到幾次：每當媽媽發現他不聽話的時候，就採取這種方法處罰他。媽媽平常管教他很嚴格，她常常指著小清的鼻子教訓說：「小孩子不要這樣懶骨頭。」又常常告訴他：「天才是騙人的，你們小孩子只要聽話努力用功，想變什麼天才就能變什麼天才。你們課本裏不是教過你們嗎？愛廸生小時候也很笨啊，可是他很用功，最後終於成爲發明大王。」

小清不知道媽媽說得對不對，不過他實在不喜歡媽媽替他安排這麼多功課，星期一學鋼琴，星期二學英文，雖然才小學四年級，但是媽媽說現在的社會英文很重要，要做大事就要把英文唸好。還有舞蹈班啦，美術班啦，作文班啦……除了學校上課的時間，媽媽把剩餘的時間都安排得滿滿地死板板地。小清對這種安排厭煩透了，屢次想裝病逃避，可是媽媽精明得很，總是被她識破，有次媽媽還故意裝作很慌張地相信，把他送到醫生那兒吊了一大瓶葡萄糖，那滋味可眞難受，從此以後，小清再也不敢藉口生病逃避媽媽安排的功課了。

「媽媽眞討厭。」小清生氣地用脚踢門。

「嘩，安打，一壘安打，」窗外傳來小孩子們的拍手歡呼聲。

小清用手擦擦眼淚爬起來，跑到窗口，把臉緊緊地貼在玻璃上往外張望。窗外是一片空曠地，許多放了學的小學生把書包放在旁邊堆成一堆，在那裏打棒球，看他們自由自在，歡樂奔跑的樣子，小清眞是羨慕死了。

「媽媽眞討厭。」小清喃喃不止。

窗外的天空很晴朗，青青地像很大很乾淨的湖，上面飄著鵝毛般的雲，有幾朶比較濃的貼在山尖上，就成了山姑娘頭上的山茶花了。兩隻白色的鴿子在亮麗的陽光下翻飛著，一個翻身又一個翻身，還有窗邊的木麻黃樹梢上也有隻伯勞鳥起勁地叫着。

「噓。」小清隔着玻璃做手勢驚嚇牠。

那隻伯勞鳥一點也不怕，反而飛到更低的枝椏上更加賣力地鳴叫著。

「呱呱……」聽來就好像是「哈哈……」嘲笑着。

「可惡，」小清很生氣地用手指敲敲玻璃，牠才驚慌飛走。

小清看著那隻伯勞鳥漸漸飛去的身影，在前面房子的屋角消失了，忽然感覺到寂寞起來。

「我是隻小小鳥，飛就飛，叫就叫……。」小清輕聲地唱著老師教過的歌，唱了三句，後面的歌詞卻忘掉了，只是一再地重覆唱著：「飛就飛，叫就叫……。」

飛就飛……唉呀，眞討厭，我要是像小鳥一樣會飛就好了，或者像蜻蜓一樣，或者像燕子一樣，燕子也會飛，或者像小痲雀，啾，啾……。

小清把嘴嘟得尖尖地，兩隻手不斷地拍動，學著痲雀飛的樣子，在書房裏跑來跑去。

飛啊，飛啊，我一定要飛得很遠很遠，永遠不回家，或者像飛機一樣，像科學小飛俠也好，或者像……像蚱蜢，大蚱蜢。

小清想到大蚱蜢，突然停下動作，又好像想起什麼似地趕快跑到書桌邊，從書包裏拿出鉛筆盒。大蚱蜢是他今天早上抓到的，他偷偷地把牠養在鉛筆盒裏。

現在大蚱蜢靜靜地趴伏著，把口器密貼著盒底，尾部高高地蹺起來，小清用手輕輕撥弄牠的鬚鬚，大蚱蜢只把觸鬚微弱地動了一下，定定保持著紋風不動的姿勢。

「噓，噓。」小清用食指挑動牠的尾部。

大蚱蜢把屁股蹺動幾下，揚起巨大的後肢踢踢小清的手指，牠的後肢長滿了尖刺，像大鐮刀一般犀利。小清忙縮回手指，大蚱蜢碎移著身子，緊緊地靠在鉛筆盒角落裏，又回復原來那種畏縮的樣子。

「噓，飛呀，膽小鬼！」小清看牠這個樣子，很生氣地把牠從鉛筆盒中倒出來，大蚱蜢一落地，第第塔塔地慌忙跳到書桌底下躲起來。

「噓，出來，出來呀。」小清趴在地毯上，把頭伸進桌底下想把牠趕出來，可是大蚱蜢從這個桌脚邊跳到那個桌脚邊，躲來躲去就是不肯出來。

「膽小鬼。」小清嘟著嘴，不情願地坐起身子，痴痴地望向窗口。

窗外的樹上，又有一隻小鳥飛來起勁地叫著，不停地向他召喚。今天早上也是這樣，也是晴朗的好天氣，第一節下課的時候，小牛仔、阿文古他們都在玩「殺人頭」的遊戲，像小狗一樣到處鑽來鑽去，揮舞著雙手大聲叫喊，互相砍來砍去。小清覺得玩那些沒有意思，就跑到榕樹底下去聽小鳥叫，看天上的白雲，看它們像變魔術一樣變來變去，一會兒像冰淇淋，一會兒像玉米花，停了一會兒又變成棉花糖……。啊，天空眞是偉大的魔術師，在那廣大的舞臺上表演著。風輕拂過來，榕樹葉子便沙沙地響個不停，漸漸地把小清帶入模糊的境界。小清舒適地把身體靠在樹幹上，瞇著眼睛靜靜地假睡。

啪啪……。忽然一陣急促的聲音從臉邊掠過，同時帶過一絲微風，小清訝異地張開眼睛，四處搜尋。嘻，原來是一隻好大好大的蚱蜢，正停在一株牛筋草上，草綠色的身子和周圍的草地很相近，不認眞看就看不出來。牠正用前脚不停地擦拭着口器，圓鼓鼓的眼珠子突出在頭的兩側，顯得又滑稽又好玩，頭的上方還有黃色的斑紋，就像接力賽跑時小朋友頭上綁的識別布帶一樣。

「哇，好雄壯。」小淸看到牠盔甲般的胸部和大鐮刀般的大後肢，不禁佩服地贊嘆著。

小淸蹲得低低地，悄悄地從後面接近大蚱蜢，右手慢慢伸向前面，像要抓蜻蜓一般。一步，兩步……大蚱蜢似乎沒有察覺到身邊的危機，仍舊不停地擦著口器，小淸又緊張又興奮，心砰砰地急速跳動著，眼看著就要抓到了，突然大蚱蜢警覺地停下動作，啪啪……，拍動著牠強而有力的翅膀飛到前方不遠的草叢中。小淸不死心，悄悄地又追過去。如此大蚱蜢飛飛停停地飛過操場，飛過稻田，又飛過小圳。飛過果園……。小淸緊追不捨，上課鈴響了，他也沒有聽到，一直追趕著蚱蜢離學校愈來愈遠；大蚱蜢不停地在空中飛啊飛啊……。

「飛出去啦，不算，不算，是界外球！」

「是安打！在電線桿裏面，要電線桿外面才是界外球。」

「界外球！」

「安打！」

「我們不來啦，賭不甘願的，是界外球！」

「你們才不甘願，在電線桿裏面，裁判說的。」

「對，服從裁判，裁判最公平。」

「才不要，裁判在睡覺，他沒有看到，裁判也會騙人！」

外面打棒球的小孩子大聲地爭吵起來，聲音透過密閉的窗戶傳進。小清從沈思中醒來，突然發現大蚱蜢正從桌底下爬了出來，他驚喜地用雙手撲過去，嘿，抓到了。抓到了，早上也是這樣，小清追了很久很久，看到牠停在小路邊的草葉上，忙脫下上衣，狠狠地撲過去，終於抓到了。抓到大蚱蜢，小清高興地亂蹦亂跳，跳了一會才發現自己在一個陌生的地方，離開學校很遠了。他覺得很驚慌，因爲他從沒有逃課的經驗，媽媽知道了不知道要如何嚴厲地處罰他呢。可是這種顧慮沒多久就消失了，他漸漸地被周遭美麗的景色迷住了。碎石子路旁有許多紫色的小野花綻放著，多彩多姿的小蝴蝶在上面曼妙地飛舞，還有幾隻蜜蜂也快樂地從這朵花飛到那朵花，辛勤地採擷花蜜。順著碎石子路往後望去，他看到一片蒼翠的田野，有幾戶農家疏落地座落在那兒；遠遠的田中的小路上有一隻母牛帶著一隻小牛在那兒安詳地吃草，尾巴還不斷地晃啊晃地，黝黑的身影像是平平貼在一片廣大無涯的田野中似的，微風拂過來，帶著一股濃濃的稻草香泥土香。大自然中的一切都是如此地自由自在啊，小清沈迷在浩瀚的大自然中了。他快樂地歌唱，把蚱蜢放進口袋裏，也把上衣頂在頭上，沿著碎石子路的前方漫無目的地走去，邊走邊踢著路上的小石子玩。有隻小蜻蜓沿路緊隨著他飛舞，他好高興好高興，不時地仰起頭來看著大天空，很認眞地大聲數著步子，他想量量看大天空到底有多寬，可是他走，藍藍的大天空也緊隨著他走，他終究沒能量出來，但是小清還是好愉快，聽著小圳水的歌唱，微風的歌唱，心裏也喜悅地歌唱，遠離學校，遠離媽媽的控制，小清從沒有如此快樂過。世界這麼大，大得足以讓他盡情地奔跑歡笑，假如能夠永遠這樣多好呀，小清自言自語地說：永遠不要回學校，學校眞是令人厭煩的地方！

是嘛，眞是厭煩透了，老師也是和媽媽同一派的，她們說的話都是一樣：「要用功呀要用功呀，將來才能成爲有用的人呀！」

讀書呀讀書呀，大人對小孩子就好像只有這句話可講似的。

小清邊低頭踢著路上的小石子，邊不停地咕噥著。他望著脚下滾動的石子，一步一步地向前走，被踢的小石子滾東滾西，有時候踢歪了滾到水田裏去。又再找一個，踢啊踢啊，路那麼長，天又那麼熱，踢了好久，他覺得厭煩起來，擡起頭看看周遭，不知不覺竟又走回學校附近來了，原來那條碎石子路也是通向學校的。看到學校，小清那種很快樂很快樂的情緒馬上便消失了。他正想掉回頭再走回田野中去，卻遠遠地看到教導老師正踩著脚踏車向校門口騎來，他心裏一慌趕快把上衣拿下來穿好，溜回校園裏去。

走過別班走廊的時候，大家正在上課，幾個不專心的學生轉過臉來看他，露出羨慕的神情。

「報告。」全班的同學都轉過頭來。

「林小清你跑到那裡去？」老師轉頭看看他，又轉回去繼續寫黑板。「現在已經第四節了。」

「……。」小清低著頭站在門口。

「第二節，第三節爲什麼沒有來上課？」

「我……，我生病，媽媽帶我去看醫生。」小清很順口地撒了個謊。

「哦？你媽媽到學校來帶你？那爲什麼沒有來告訴老師？」

「……。」

「和媽媽說，下次有事情要出去，要告訴老師，知不知道？」

「知道！」

「趕快回去坐好，拿出筆記簿來抄生字。」

小清趕緊跑回座位上坐好，可是並沒把筆記簿拿出來，只是呆坐著出神，腦海裏盡是飛舞的蜜蜂、蝴蝶，以及從圳堤上跳到水中的小青蛙……。像小動物眞好，不必上這麼多討厭的課，也不必抄無聊的生字。啊，假如我是蚱蜢就好了。啪……。飛到東，飛到西，累了就在禾葉上休息，吹清冷的風，看天空變魔術。做大蚱蜢就可以擁有好寬好大的世界，就不必坐在教室裏像呆瓜一樣。呀！做蚱蜢最好，做小孩最不好了，大人總是叫我們不要這樣，不可以那樣，一定要這樣一定要那樣。大人最可惡了，他們可以罵我們小孩子，小孩子卻不能罵他們，要和他們打架，我們的力氣也太小。做小孩子最討厭了，還是做蚱蜢最最好。

想著，小清偷偷地把大蚱蜢從口袋中掏出來，放在桌子上，大蚱蜢傻傻地一動也不動。小清以爲牠死掉了，心急地用手指挑撥牠。

「喂，那是什麼東西啊？」坐在隔壁的張哲理放下鉛筆好奇地問。

「噓！」小清不理他，繼續撥弄他的蚱蜢。

「哇，大蚱蜢，借我玩一下好不好？」

「不要！」

大蚱蜢的觸鬚動了，小清心裏好高興，大蚱蜢沒有死掉，只是悶昏了頭。

「對不起，大蚱蜢。」小清有些內疚地喃喃道。

「大蚱蜢呀，林小清有大蚱蜢呀。」同學們交頭接耳傳話，一會兒大家都紛紛放下鉛筆看林小清。

「安靜一點，不要講話，上課不能講話，知不知道？」老師頭也沒回，寫著黑板大聲喝叱。

「知道！」大家齊聲回答，又低下頭去抄生字。

小清正想把蚱蜢收起來，「塔！」大蚱蜢突然跳到隔壁張哲理的桌上，張哲理急忙把牠抓住。

「還我。」小清伸手向他索討。

「等一下，借我看看。」張哲理嬉皮笑臉地把蚱蜢拿到眼前端詳。

「還我。」小清更大聲喊道，並瞄瞄老師，看到老師沒有回頭，就對著張哲理揚揚拳頭：

「快點還我。」

「嘿，借我玩一下嘛。」張哲理蠻不在乎向他裝鬼臉。

「不要。」

同學們紛紛放下鉛筆，向張哲理招呼。

「喂，傳過來，傳過來。」

張哲理正想把手中的蚱蜢傳遞過去，小清很生氣地站起來，撲了上去揍他，張哲理也還手糾打，小清剛把蚱蜢搶回手中，老師聽到乒乒乓乓的聲音猛轉身過來。

「林小清、張哲理，出來！」

小清慌忙把蚱蜢一塞，從衣領塞入懷中。

「你們兩個幹什麼？」老師怒氣沖沖地問。

「他打我。」張哲理哭喪著臉。

「他搶我的東西。」小清兇狠地大叫。

「你搶他什麼東西？」

「我搶他的………。」

「他搶我的鉛筆。」小清沒等他說出來，忙搶著說。

「林小清，老師沒有問你，你不要說話。」老師很生氣地警告：「張哲理你講，你搶他什麼東西？」

「我搶他的……。」

「他搶我的鉛筆。」小清又大聲地打斷。

老師轉過臉瞪著小清，把他拉到一邊去。

「站好，你再講話，老師就要打你了。」老師又轉過身去問張哲理：「你搶他什麼東西？」

小清握緊拳頭，放在腰部偷偷地晃一晃警告他。

「我搶……我……我搶他的鉛筆。」張哲理看看小清終於嚅嚅地回答。

「你爲什麼要搶他的鉛筆？」

「……。」

「都是壞學生，眞是不像話，上著課也敢打架。」老師用食指敲敲張哲理的頭罵：「到那邊去，和林小清站在一起。」

老師罵完又向大家說：

「快點寫，下課沒寫完的，要打手心。」轉過身又寫黑板去了。

蚱蜢在小清懷中不安份地爬著，尖銳的後肢抓在胸肉上又痛又癢，小清不斷地扭擰著身子想使牠安靜下來，可是大蚱蜢沒有停止的動向，不停在懷中爬動，癢得小清的臉孔都扭曲了。同學們看到他的怪樣子，哄堂大笑起來。

「笑什麼？」老師一回頭，大家馬上安靜下來。

可是老師剛轉回身去，全班又再次大笑起來。

「你們到底笑什麼？」老師狐疑地看看大家，又走過去看看林小清。

「你看，同學們都在笑你們，看你們兩個好不好意思？」

蚱蜢在懷中爬啊爬地，唉呀，癢死了。小清緊咬嘴唇強忍著。

「回去坐好，林小清，你今天這麼不守規矩，待會我會告訴你媽媽。」

兩個人聽到老師的解除令，飛也似地跑回座位坐好。

中午媽媽開車到學校接他放學回家，老師果然向媽媽告了一狀，於是現在——週末的下午，小清就被鎖到這間小書房裏來了。

「全壘打，全壘打！」窗外的孩子們大聲地歡呼著，久久不停。

「噓，飛呀！」小清把手中的蚱蜢往上一扔。

啪……蚱蜢鼓動著翅膀，繞著室內飛了一圈，停在高高懸著的日光燈上。

小清搬來椅子，站在椅子上驅趕燈上的大蚱蜢。啪……，大蚱蜢又繞著房內飛呀飛呀，好像在探查周遭的環境似地繞了兩三圈，停在書桌上。

書桌的前面就是那扇透明的窗，窗外是開闊的天地，晴朗的天，和煦的風，還有迎風搖曳的木麻黃，正向著密閉的書房召喚。

小清悄悄走近書桌，伸手欲捉牠，牠卻驚覺地飛了起來，猛地，「劈」一聲狠狠地撞向玻璃窗。

小清傻楞一下，看著蚱蜢撞到玻璃掉落下來，忙又伸手去抓，但是蚱蜢又馬上飛了起來。

啪……，繞飛了一圈，「劈」又重重地撞向窗玻璃。一次又一次地，大蚱蜢瘋狂地向著窗玻璃猛衝。

啪……，「劈」，啪……「劈」，啪……。

小清傻楞楞地看著大蚱蜢勇敢不懈的舉動，嘴裏不禁輕輕地叫了出來。「加油，衝呀！加油，衝呀！」

漸漸地進入忘我的境界，愈喊愈大聲，最後竟聲嘶力竭地吼叫起來。

「衝呀，衝呀，衝出去！」小清手舞足蹈，像小瘋子般亂跳亂舞著。

啪……「劈」，啪……「劈」……。

撞上去，掉下來，再撞上去再掉下來，一隻後肢撞斷落了，翅膀也撞傷了，仍然不死心地像俯衝的飛機般對準玻璃猛撞過去，毫無退縮的樣子。

「衝呀！」小清大喊著，把厭煩的課本丟上空中，把英文練習簿，書包……紛紛丟入空中，抛啊甩啊，心中昇起陣陣的喜悅，丟掉它們，討厭的東西，討厭討厭討厭……。

「衝呀——大蚱蜢，衝出去。」小清跳上書桌，又跳下椅子，再跳到地板，把東西到處抛擲，一時間滿房子一片混亂。小清盡情地發洩，又跳又滾地，還配合著瘋狂似的呼喊。

「幹什麼呀？叫你唸書，你在裏面造反啦？」媽媽不知道什麼時候回來的，在客廳裏大聲怒罵，並大步走來。

小清馬上驚醒過來，慌忙撲抓大蚱蜢想把牠收起來。「卡喳」一聲，門倏地打開，媽媽走了進來，情急中小清用脚一踩，把落在地毯上的蚱蜢踩住，掩藏起來。

「唉唷，要死啦，你這死囝仔怎麼把房子弄得這樣亂七八糟！」媽叉著腰，氣鼓鼓地瞪視他。

小清心裏又慌又急，大蚱蜢在脚底下不停地掙扎著想鑽出來，他加緊用力踩住免得牠露出來讓媽媽看見。

媽媽不停地打量他慌急的臉色，上下交互地瞧著，突然露出和藹的笑容。

「小清，過來！」

「……。」小清動也不動，心裏擔心著脚下的蚱蜢會窒息死掉。

「過來啊，媽媽給你買了水果回來，快出去吃吧！」媽媽微笑地說。

「我不要。」

「是你最喜歡吃的蘋果呀……」

「不要。」小清心裏默唸著：討厭，媽媽，快出去吧！

「不要？喝點汽水也好，唸了一下午書太辛苦了，去休息一會。」

「不要……」小清快要哭出來了……討厭、討厭，媽媽眞囉嗦。

「你這孩子，今天是怎麼了？」媽媽倏地生氣起來。

「……。」脚底的蚱蜢好像不再掙扎了。

媽媽挪近來，輕撫著小清的頭髮。

「功課做完沒有？」

「做完了。」

「英文習字簿有沒有寫完？」

「寫完了，寫完了……」小清不耐煩大叫。

「對媽媽說話怎麼可以這樣大聲。」媽媽詭譎地笑笑，慢慢地蹲了下來。「來，媽媽看看，昨天刺傷的脚好點沒有？」

「不要，不要！」小清急忙大叫，把脚踩得更緊，但是媽媽還是用力地把他脚掌扳起來。蚱蜢露了出來，口中吐著綠綠的水泡，歪斜著平貼在地毯上動也不動，很顯然地已經死掉了。

媽媽得意地把牠拾起來，放在手掌上看了看，順手扔回地板上。

「書不唸，玩蚱蜢，還想騙我。」媽媽冷哼一聲，站起來怒氣沖沖走出去。

「碰！」門又關上了。

小清出神地看著地板上蚱蜢的屍體，許久許久才夢囈般地唸著：「蚱蜢死了，蚱蜢死了…。」

「三振出局！」打棒球的小孩，突然一陣高呼，聲音很清晰地鑽進密閉的書房中來。

堤

我知道，在歷史的河流中，免不了的要出現一些曲流，泛濫的河水隨時想吞滅我們心中的龍形之地。

一

剛築起來的堤又被河水沖垮了。

阿公到牛角灣察看了一會，回來之後便如此鬱悶地說。

這樣的消息我是一點也不感到意外，我老早就向阿公說過，像那種土法築堤硬幹蠻幹的方法是行不通的。

「不要多唸了幾天書就學會了伯勞嘴呱呱亂叫，騙鬼——，沒有做怎般就知道行不通？」但是我一開口，阿公便如此把我狠狠訓了一頓。

在我們家阿公的權威向來便是高高在上的，我雖然目前學的是工程，在阿公的面前還是屬於「有耳沒嘴」的份，我向阿公建議依據「力學的原理」這座堤應該如何如何築，阿公撇撇嘴角大叫道「騙鬼──」一句話便整個給推翻了，他所持的理由很簡單：中國人的萬里長城築成的時候這些理論還不知道在那裏呢。

「我到太子爺廟去求張符回來鎮鎮這些水鬼精。」阿公吃早飯的時候突然如此說。

「什麼？」我猛地嚇了一跳，連阿爸都驚愣地放下飯碗。

「以前那個地方溺死過兩個賭博鬼呀．地方不乾淨，我一直沒有想到，難怪堤老是築不成。」阿公睜大着眼珠，像終於弄明白了原因似地。

「那兩個賭博鬼我都認識，一個姓陳一個姓林，都是山下人，日據時代賭博被警察追，失足掉到河裏去就溺死在阿彌陀潭，一定是他們搞的鬼……。」

天，這就是我阿公的哲學；阿公已六十多歲了身體還很硬朗，他在我們莊子裏是有名的頑固而好鬪的老人，不管合不合乎所謂的科學，只要是他認爲對的事情，你就是和他爭得天落紅雨馬生角也不會改變他絲毫的看法，這點從莊子裏的人給他取的外號「青蕃順仔」便可以想見一般。

從小我便常聽人家青蕃順仔、青蕃順仔地叫他，但是這個外號所代表的眞正的意義，還是到最近因爲這次的築堤事件我才領會到。這個事件的原因是這樣的：美濃溪是流經我們莊子的主要河道，它的上游是從月光山那邊流出來的，到了尖山底下又滙合了另外一條支流，於是河道便寬了，水流也變得急湍起來；從尖山往下流經五、六公里以後，便從左而右地流貫我們的村莊，河流正巧從我家土地的邊沿流過，就在那果園底下轉了個大彎，形成了一個「U」字型的河段，因爲形狀上就像一對水牛的角，莊子裏的人便稱那個河段叫「牛角灣」，牛角灣事實上可以說是美濃溪水流的調節點，因爲美濃溪湍急的水流流到了這裏，主流便偏向右岸，河水經過土岸的折衝之後流速便緩了下來，等到河水流過牛角灣就沒有那份澎湃的氣勢了。

激怒阿公的拗脾氣的便是這條美濃溪，他說整條河這麼長什麼地方都可以彎，爲什麼偏偏在我們土地上彎，這一彎不打緊，河水沖向右岸可就使得我們的土地一年一年地崩到河裏去了，眼看着幾代人辛苦開墾出來的土地一分分一寸寸變成了河床可眞叫人心痛。

所以好多年阿公就常感嘆着要挽救這個情勢，先是在河岸上種了許多竹，但是水勁實在太強了，情形並沒有改善多少，土地還是逐年累月地崩入河中，眼看着就崩到果園上來了，今年初就有兩棵邊沿的柳橙樹崩入河中；固然是這種無可挽救的情勢觸怒了阿公的心，但是直接煽起阿公鬪志的，還是前一段時間，我有一個遠房的親戚水生叔公，他是一個懂得地理風水的老人，到我家來做客，喝過酒以後和阿公閒聊，不知怎的就聊到我家土地的風水來。

「阿順哥，可惜呀可惜！」水生叔公醉態可掬地拍腿感慨道。

「可惜什麼呀？」

「本來我們看風水的人，也有天機不可洩漏的忌諱，只是，畯，自家親戚我就直講啦，你可知你家牛角灣上的土地在風水上生就什麼形？」

「……。」阿公一臉茫然地看着他。

「枉費你講會看風水，算命的瞎子看不識自家命。」水生叔公故弄玄虛地賣關子，我們一家人頓時好奇地傾聽起來。

「可是豬形？」阿公尷尬地猜測。

「什麼豬形！豬形地那有稀罕，龍形呀，生龍結穴必出王將呀。」

「龍形地！」阿公激動地抓住水生叔公的手臂搖撼道：「可看有真確？」

「什麼話！我水生看風水還會差錯？若不是龍形，我羅盤隨你拿去丟入大河讓水沖走。」水生叔公把桌子一拍滿臉通紅地嚷道：「可惜呀，這條龍只有半條命！」

「啊！」阿公悚然一驚：「怎般講？」

「龍腰崩了一大角，就要成了斬腰龍了，不是半條命是什麼？飛不起騰不起啦。」

風水地理，阿爸和我受過新式教育是向來就不相信的，尤其是阿爸，別人一提到算命風水就會恨恨地罵上一句：「講的是顛仔，聽的是憨仔！」

「胡言亂說，要真有什麼生龍結穴我今天還會抓泥卵曝天曬日！」阿爸喝醉了，醉與大發地喊道。

「連昌仔，你亂亂講什麼？自己不信就閉嘴！」阿公喝斥道：「水生講的沒錯，就是風水被河水沖壞了，你沒看到這兩年種什麼都不順利嗎？」

「沒聽過這麼無聊的事，田種不好是因爲合美造紙廠把廢水排到河裏去，把水質搞壞了，什麼風水，這和風水有什麼關係？」阿爸針鋒相對地頂嘴道。

「連昌仔，你……。」阿公霍地站起來，氣得手指顫抖地指着阿爸。

媽看到這種情況忙把阿爸拉走，才沒有把局面弄得更僵。

但是本來因爲土地觀念衝突得很厲害的阿公和阿爸，就因爲這次築堤的事件更加地對立了；阿公只好請了幾個鄰居來助手，連帶把正在放暑假的我湊上，幾個人便展開了這次和美濃溪的戰鬪。

構想中的堤是在第一個河流轉折處，由岸上順水流方向呈四十五度角向河中伸展出去，以便使河水從上流沖下來的時候先沖到堤上，藉着堤把河的主流引開，避免它直接沖到土岸上而把土地沖垮；因爲築堤的工作必須在水中進行，水深及胸，水流又急站立都不容易，工作起來備極辛苦，最後才想到融通的方法：先在河面上搭一座竹橋，再把用牛車運到岸上的石頭一擔一擔扛來倒入河中，卽便如此，築堤的工程仍舊不輕鬆，因爲倒下去的大石頭有時仍要人下水把它砌起來。

工作推動不到一個星期，幾個鄰居都煞不住辛苦藉故農忙辭去了工作，於是便剩下我和阿公兩個人孤軍奮戰了。

堤慢慢往上築起，莊裏的人的嘲諷也跟着來了。

「青蕃就是青蕃，這回他連河都要鬪咧！」

在河邊浣衣的村婦們，看到我和阿公賣命工作便如此大笑着說。

更嚴重的打擊還是來自那河的水流，因爲河床是鬆散的沙質土，當堤築到齊水面高時，水流經堤一擋便形成一股往下翻滾的暗流，堤下的河床被愈捲愈深形成一道深溝，久而久之堤便開始傾斜，然後終於倒了下來。

像這次堤又倒了，這已經是第三次了，阿公終於悟出是「水鬼精作怪」，或許也只有找到這種解釋才能稍微寬慰阿公屢受打擊而鬱悶的心吧。

「哈，聽到沒有？要把太子爺也拉來幫忙啦，我看連媽祖姑婆也一起請來幫忙不是更省事？」阿公剛戴起斗笠準備出去，阿爸便故意扯開嗓門向媽嚷道。

「你少講一句行不行？」媽輕輕扭了阿爸一下：「你不幫忙就算了，老要氣老人家幹什麼？」

「哈，龍形地？那狗不叉尿的地方會有生龍結穴？什麼時代了還信這些，龍生就什麼樣？找得出來我生吃都把牠吃掉。」阿爸悻悻然說。

阿公似乎懶得理睬阿爸，頭一低逕自走出門外去。

「鳳娣，把那隻閹鷄殺了，等會我拿到河邊去拜拜！」邊走還邊向媽拋下這句話。

二

香煙嬝繞着，燒過的銀紙灰被風一捲，不斷地有些飄到河面上，阿公虔誠地拿着香不停地向河面拜拜，還呢呢噥噥地不知道唸些什麼，我坐在河邊的大石堆上把脚伸入水中泡着，眼光追隨那一片片被風捲到河面上去的紙灰，薄薄的紙灰一落到水面上便散了，被洶湧的河水沖下去。

美濃溪的河水是我自小就熟悉的，那時候的溪水清澈得可以見到底，夏天裏我們常常結隊跳到河裏去游泳，或潛水下去摸蛤，或沿着淺灘翻動石子捉捕藏伏在石子底下的蝦，印象裏美濃溪的小魚小蝦特別的多，常常一個下午，我們每一個人就可以抓到滿滿一塑膠袋的河蝦，這使我覺得美濃溪眞是一條富饒的河川，一條有生氣，有脈動的大地的血脈。

但是眼前的美濃溪整個景觀都變了，自從在河的對岸接連建了幾座造紙工廠之後，每天都有汚濁的廢水排入河中，那灰白的，發着惡臭的廢水窒息了美濃溪的生機，河水不再清澈了，小魚小蝦也遭殃滅了族，近年來沿着河岸必須靠美濃溪的河水灌漑的農田，農作物常發生一些莫名其妙的病害，整片稻子突然地幾天之內就枯萎了；美濃溪，這條美麗的大地的血脈，現在已隱隱然可以聽到她的嗚咽了。

「發仔，你憨樹頭般在想什麼呀，來，快來拜一拜。」阿公把我從沈思中喚醒過來。

我從阿公手中接過香也學着向河中拜了拜，心中充滿着一種莫名的敬意。

祭完水鬼精，阿公潑了幾杯酒到河中又燒了一張符，祭禮便算完成了。

下午我們便又重新開始築堤的工作。這回阿公工作起來似乎格外的起勁，或許他已和太子爺取得默契了吧。一擔一擔的石頭倒入水中，嘩啦啦地響着。

「我就不信築不成，沖吧，倒吧，倒了我再築，屌——塡我都把它塡平不要說一條堤。」阿公看着石頭落水激起的浪花狠狠地說。

「阿公，休息一會吧。」我摸着已經紅腫起來的肩膀賴坐在石堆上。

「啐，你們這些年輕人，才擔幾擔石子就叫苦，你沒想阿公當年像你這種年紀的時候，已經背着穀包在田裏到處跑了。」阿公走過來推推我的肩膀：「起來，別學那輭脚蟹般。」

我不情願地打起精神和阿公一起再扛了幾擔，阿公走在前面我緊跟着，一隻長竹桿放在我們的肩上，竹桿中間用牛索綁着一個粗鐵絲編成的籮筐，就用這個鐵絲籮筐來裝石頭，走在簡陋的竹橋上，我咬着牙根一面強撐着肩上壓下來的重量，一面還得要穩住脚步免得摔入河中去。

「發仔。」阿公邊走邊說道：「昨天晚上你阿爸和你說了些什麼?」

「沒有呀!」我心裏一慌脚步差一點沒踏穩滑到竹橋外面去，沒想到昨晚阿爸向我發牢騷的話阿公也聽到了。

「你不說阿公也知道。」阿公把擔子放下來伸伸腰轉過來說。

「不要去學你阿爸沒出息的樣子。」阿公憤憤地用竹擔敲擊着竹橋：「地種不好就只知道沒辦法，沒辦法窮嘆大氣，這樣嘆大氣金銀就會從天上掉下來嗎？啐，沒看過這樣的後生！」

「……。」我低頭緘默着。

「阿公是沒唸過書，但是阿公知道有土地就會有希望，以前這裏不都是一大片鵝卵石，我和你阿祖到這裏來開墾，一鋤頭一鋤頭還不是把它鋤成了良田。」阿公愈說愈激動臉都漲紅了。

「阿爸是說現在社會變了，不比從前，從前的人只要拼命挖拼命掘就可以有好生活，可是現在工業社會……。」看阿公生這麼大的氣，我忙着替阿爸辯解。

「工業社會又怎麼樣？工業社會的人就可以不吃飯，吃鐵釘吃鐵板就可以生活嗎？騙鬼——。」阿公彎下腰像要把什麼一口氣翻掉似地，一股腦兒把鐵絲籮筐中的石頭翻入河中。

「沒志氣的人才說這種憨話——。」翻完，阿公猛地直起腰來大聲罵了一句。

也許阿公是太生氣了，不知怎地脚步一顚竟從竹橋上一個踉蹌栽入河中。

我被眼前的變化嚇得一時呆住了，眼睁睁看着阿公被河水沖了下去，看着他在水中浮浮沈沈，一股寒氣頓時湧上心頭。

「阿公——」我焦急地大喊。

我猛地想到阿公不太會游泳，慌忙跳入河中向阿公的方向奮力游去，好幾次都幾乎要抓到他的手，但是水流太急，到處又都是暗流，一種莫名的力量老牽制着我，使我連連喝了幾口水。

在急流中追逐了一會，等我再次從水波中冒出頭來的時候，已經看到阿公被廻流捲到岸邊去了，阿公用那笨拙的動作游了幾下便攀到了河岸。

我拼命在水中划了一會也游到岸邊，阿公伸出手把我從河中拉起來。

兩個人就這樣坐在岸上看着洶湧的河水，久久講不出話來，我回憶着剛才幾次被暗流捲入水中的情形，那種深沈沈地，猛用腿踼打着水，卻一點也着不上力的感覺眞是駭人，我深深體會到了這條河的可怕；轉首看看阿公，只見他木然地看着河面，嘴唇不斷地抖動着，這個立意要和美濃溪戰鬪到底的倔強的老人，大概也領會到了這個敵手的恐怖了吧。

阿公坐了一會拉拉我站起來，幫我把浸濕的上衣脫下；邊脫還邊裝着若無其事的樣子說：

「喝到水沒有?」

「唔。」我默默地點了點頭。

「以後落水呀，先要鎭定下來，愈駭怕愈會喝到水。」阿公像在安慰我又像在安慰自己似地。

我擡起頭來定定地看着阿公，但見他的嘴唇還在不斷地顫抖，蒼白的臉孔看起來有點怕人，我不自覺地興起一絲絕望的念頭。

「阿公!」

「怎麼?」阿公把我的衣服擰乾掛在岸上的竹枝上。

「算了吧，我們回家，堤不要築了!」我不知怎地竟迸出這句話來。

「講這沒骨頭的話！」阿公怒罵一聲，轉過身來看着我。

我愣視着阿公，沒有料到阿公會生這麼大的脾氣。

「阿公，憑我們兩個人的力量那裏鬪得過這條河？」我委屈地說。

阿公顯然爲我的話觸動了傷心處，臉孔不斷抽搐着。

「要回去你就回去，石頭我一個人會搬，搬死我也要把堤築起來。」阿公掉過頭往堤的方向走去。

看着他踉蹌的脚步，佝僂的身影在那洶湧的河水襯托下更顯得脆弱而蒼老了。

三

由於白天擔石頭擔多了，躺在床上略微一翻身，全身便像要碎裂般地酸痛，特別是肩膀的部份，洗澡的時候發現紫了一大塊，這些便是阿公幾天來嚴厲鞭策的結果，他一直不停地催說必須在雨季來臨之前把這座堤完成，否則等到雨季一來臨河水便會暴漲起來，工作也就無法進行了，更重要的，到時果園的土地又會崩潰得更多。

阿公工作起來那種近乎瘋狂的勁頭，眞叫我吃足了苦頭，因爲平時我就不常做粗活，現在一下子要我長時間做如此粗重的工作，肉體上的負荷常使我忍不住放聲痛呼，這時便眞正領會到阿公所謂「靑蕃」的性格了，時而吆喝，時而嘲諷，弄得我哭笑不得，以兩個人的力量就要抗拒一條澎湃的河，想想便覺得滑稽，但是當我把心裏這種感受傾訴給阿公聽的時候，他便會勃然變色的怒斥我：

「講這沒骨頭的話，就知道將來不會有出息！」

我不知道我的骨頭是否如阿公說的特別輭，但是面對着這麼一大堆的大石頭，要一個一個挑到河裏去，實在沒辦法硬起來，也正因爲如此更煽起了我心中深埋着的疑惑，到底是什麼樣的力量，一直支持着阿公如此瘋狂地工作呢？什麼力量使得他信心十足地認爲可以戰勝這條河流呢？是水生叔公所謂的「龍形地」的迷信嗎？起先我也是如此認定，但是這幾天在工作閒暇的時候，兩個人坐在河邊的石堆上，我一再追問阿公，阿公卻始終敷衍着說：

「這種事信它它就有，不信它它就沒有。」

看他這時的神情，又好像對有沒有生龍結穴這件事情並不頂認眞似的，我不禁在內心暗忖起來，說是因爲阿公心中有「龍形地」的信仰，或許不如說阿公只是藉着這種類乎迷信的東西在武裝自己，在說服自己堅強地和某種莫名的力量抗拒到底吧，那麼阿公心裏眞正要抗拒的到底是什麼呢？他想證明的又是什麼呢？

我躺在床上如此反覆思考着，模模糊糊之際，阿公那帶着些微固執，些微悲愴，些微自負的眼神便湧上腦海中來了，變得好大好亮。

外面兇猛的犬吠到底持續了多久，我一點也不知道，起先以爲牠們只是看到夜裏放田水的農夫，但是犬吠愈來愈兇猛，才把我從沉思中驚醒，聽牠們低沉的悶吼，好似有什麼身分不明的人物就在附近，我強忍着酸痛的身子爬下床來，走到大門口往外面望了望，看到有盞火光在我家池塘邊晃動着，我直覺到是有偷魚的賊，便找了一根木棍慢慢潛伏過去，但是我剛要接近他們，便看到他們由一個提瓦斯燈的領頭往河邊走去，他們似乎沒有發現我在跟踪，我穿過田埂抄近路想趕上他們，卻發現到提瓦斯燈的那個人背影有點像阿爸，慌忙放慢腳步悄悄地維持距離跟踪過去。

他們邊走邊不知道在商議着什麼，時而聽到他們迸出「青蕃」「青蕃」的字眼，時而又竄起陣陣笑聲。

那一行人走到了河邊，坐在石堆上抽了一會煙，我從暗淡的瓦斯燈光下看到他們都帶着竹擔，然後由阿爸帶領着脫下上衣，捲起了褲管，赤膊着走到我和阿公築起的堤上去，等到他們開始用竹擔把石頭撬翻下河中去的時候，我才猛然領悟到阿爸的用意。

從堤上翻下的石頭在水中相互撞擊着，發出嚨嚨不已的聲音，那深沉的聲音在黑夜的河上廻盪着，一波波鑽入我的耳中，想着千辛萬苦好不容易才築起來的堤正在遭受摧毀，我心中一陣激動，想大吼着衝下去和阿爸理論，我清楚地感覺到淚水忍不住流過面頰滴落下來，看着他們兇猛的身影在月光下起起伏伏着，崩堤的聲音也在夜色中起伏着。

轟嚨，轟嚨，倒下去了，彷彿之間看到阿公巨大的身影猛地沉入了黑夜的河中。

轟隆，轟隆，倒下去了，阿公長久以來的夢寐。

轟隆隆，轟隆隆，倒下去了，那龍的庇護之牆……。

倒下去了，倒下去了；一切都在黑夜中隨着崩堤沉落了下去……。

我怔怔走下來坐在河邊的石堆上，許久腦海中一片空白，心中只有廻盪不已的崩堤聲。

也不知道如此過了多久，只覺得時間好像在這一刻中凝涸了。等到我發現阿爸他們走上岸來的時候想躲避已經來不及了，阿爸看到我似乎嚇了一大跳，其他的人甚至嚇得大叫起來，這回我才看清楚這些人原來是豬哥叔他們，他們原先是阿公請來築過堤的鄰居，後來都推說工作忙中途辭去工作的，現在看到這個情形我才明白事情的眞相；原來這一切打從頭都是阿爸從中做的手脚。

我看着阿爸，阿爸似乎有點手足無措的樣子，示意豬哥叔他們先離去，然後默默坐到我身邊的石頭上。

「發仔，這也是沒辦法的事。」阿爸的聲音幽幽地傳來。

「……。」

我只是木然地看着他，阿爸很懊惱似地，隨手撿起一枝竹條在地上亂劃起來。

「不這樣做，你知道你阿公永遠也不會死心。」也許身體浸濕了感到冷吧，我發現阿爸的聲音在顫抖。

「他就是信你水生叔公那一套，說什麼龍形地，生龍結穴，啰！」阿爸把竹條在地上打得啪啪響，「你也是唸過現代書的人，天下間那有龍這個東西，都是這些迷信在害死人！」

「……。」我緊抿着嘴唇沉默着。

我感覺到阿爸的手放到我肩上來緊緊地抓着我，在黑夜中隱約看到他微閃着寒光的雙眼，顯得有些駭人。

「有些事本來不打算告訴你的，但是現在你既然看到了，我就不妨坦白告訴你。」阿爸抓我肩膀的手愈來愈緊，「早幾個月前合美造紙廠的李董事就和我接過頭，他想擴大工廠規模，看上了我們菓園這塊地方，原則上價錢已經和他說妥了……。」

「什麼?」我猛然一驚禁不住嚷道：「阿公死也不會答應的。」

「所以要你保守秘密呀，不能讓你阿公知道。」

「可是遲早總要知道的嘛。」

「等他知道買賣已經成交了，土地權狀也已經過戶了，他頂多也是氣一陣子。」阿爸拍拍我的背站起來說：「發仔，人家出這麼高的價錢，不趁着這個機會趕快賣掉，守着這一點地，挖呀掘呀又能挖出什麼前途呢?」

阿爸興奮地聳恿着我，我心中卻有一股被欺瞞的怒意在翻滾着，原來這幾天，阿爸一有機會便向我說種田是如何沒有希望，留在農村就是死路一條……等等都是有意要先造成我心中的印象的。

「發仔。」

「唔。」

「明白沒有？今天晚上的事絕不能告訴阿公。」

我懊惱地站起來往回家的路走去。

「喂！」阿爸輕喚着趕上來。

我一鼓氣便往黑夜中拚命奔跑起來。

四

大水來了，在大水來臨之前阿公卻病倒了。

那晚阿爸他們把堤翻崩，第二天早上阿公看到堤倒了顯得很沮喪，但是隨即又把他的鬬志重整起來，更加瘋狂地工作，那種神情眞是令人心驚，幾乎已經進入歇斯底里的狀態，常常邊把石頭倒入河中邊就喃喃不停地咒罵道。

屌——築不起來我就不叫青蓄。

更多的時候我看到他望着洶湧的河水出神，從他孤傲的身影中散發着騰騰的，無以名狀之鬬氣，冷冽的氣氛使我覺得我幾乎不認識他了，這時的他竟離我如此的遙遠而無可觸及。

「阿公！」我常忍不住心中的驚駭而出聲喊他。

但是阿公好似什麼也沒聽見，只是兀坐着像入定的老僧一般。

「阿公。」我用力搖他的肩膀。

阿公才猛地一怔清醒過來，茫茫然地看我一會，悶聲不響地拿起扁擔和鐵絲籮筐又去搬石頭。

看着阿公如此折磨自己，我卻又不敢勸告他，因爲我一開口他就會罵我「沒骨頭」，我曾親眼看到阿爸在家裏嘮叨阿公頑固，說築堤是如何無聊的事情，說得阿公火起了，拿起扁擔就橫掃過去，還好阿爸躲得快沒被掃中，但是家裏的人便再也沒人敢說阿公築堤的事了。

我只得咬牙關跟着阿公工作，只希望多做一點來減輕阿公的負擔，但是畢竟我的身體太差了，大部份的工作還是由阿公在做。直到堤快築好的那一天，阿公正抱起一塊大石頭想將它放入籮筐中，不知怎地，手一滑石頭掉下來砸傷了脚盤，整個人一倒竟昏了過去。

接着雨季便來臨了，一連下了幾天的大雨，內山的水大量湧出來，整條美濃溪便泛濫起來，黃濁濁的河水狂暴地吞食了河的兩岸；阿公躺在床上老是焦急地催我去看看那道堤；我走到河邊，看到河水已吞沒了整片果園，那龍形之地就沉在混濁的河水底下，浩瀚的河面上完全不見了堤的踪影，巨大的浪頭一波一波地滾動着，從左方兇猛地撲來，衝至河套的地方形成很多很大的水漩，水面上漂浮着許多枯木，雜草，還有些空罐罐，破酒瓶等。咆哮的美濃溪夾泥沙以俱下，就像一條憤怒的蛟一般，正扭動着長長的軀體掃去一切障礙，看着它這種懾人的氣勢，想必那脆弱的堤也一定不堪一擊被橫掃去了吧。

回來之後我勸慰阿公說堤仍然完好如初，阿公聽了很興奮，吵着要下來看看，我和媽媽因着他還敷着石膏的腿強制着不讓他下床，他咕噥着極不情願地躺回床上，卻興奮地抓着我的手搖撼說：

「我說沖不倒就是沖不倒，怎麼樣？屌——。」

阿公猛拍着胸脯大嚷，整日裏只要有鄰居來看他，他就如此驕傲向大家說。

只是我的謊言並沒能瞞騙阿公幾天，阿公竟趁着我不注意的時候溜了出去，我回來看到床上空着，想到他的病還沒好，便慌忙追出去。

果然不出所料，阿公正戴着斗笠，穿著簑衣用拐杖支撐着站在河邊看水。

這時河水已經退了很多，河的兩岸經過幾天的浸淫，又再次地恢復了原貌，從那邊可以清楚地看到被稱爲龍形地的果園又崩倒了一個大缺口，幾乎已崩到果園一半的地方來了，我們築的堤也失去了踪影，只好似隱隱然地可以聽到河水底下，石頭被沖走滾動撞擊的聲音。

雨水斜斜打在阿公的臉上，我看到他鼻翼激烈地掀動着，有幾絲水花被呼出來，糾結花白的鬍鬚沾滿雨水，隨着嘴唇細碎地顫着。

我悄悄地走過去拉拉他的簑衣。

「回去吧，阿公，莫要凍着了。」

阿公回首看着我，微微一笑，那種蒼涼的笑猛然使我感到一陣心寒。

「嗳！奈何不了它囉！」阿公幽傷地說。

「唔？」

「這條美濃溪呀。」阿公把拐杖揚了揚，「我年輕的時候它的岸還在那頭的呢，現在卻搶到這裏來了。」

阿公把「搶」這個字眼說得特別重，說完似乎又撩起了心中的怒氣，把拐杖往地上頓了頓。

「十年河東十年河西，古人都這樣說，阿公，這也是沒辦法的事呀。」我不知怎地會想到用這句話安慰阿公。

「說是這般說，只是……嗳，想起來不甘心呀，這麼好的土地……。」阿公自語般地說。

「不甘心也沒辦法，堤也擋不住它！」我順着阿公的語氣更加洩氣地說。

「誰說擋不住！」阿公猛然轉過頭大聲地嚷道。

我被阿公這突來的怒氣嚇了一跳，怔怔地看着他。

「等大水退了之後，我們再把位置往上挪一挪。」阿公看着我，突然蹲下去在地上劃起河的簡圖來。

「發仔，我們再來築一道堤！」

我看着阿公那露出簑衣外的多皺紋的後頸，雨水從斗笠上不斷地流下來滴在上面，不禁使人覺得那眞是無法折服的鐵脖子，我忍不住也跟着蹲了下來。

「發仔，上次我們那種築法不對，這次我們先在堤外面打一排木樁擋住河水，然後再用水泥塊來把堤疊起來……。」阿公興奮地在地上劃着，灼灼的眼神又充滿了決鬥的神采。

我一時被阿公的豪氣打動了，搶過阿公手中的小樹枝也在簡圖上劃起來。

「不，阿公，這種土方法絕對行不通，按照力學的說法，應該……。」

「騙鬼——」阿公大叫起來，「不要唸了幾天書就學會了伯勞嘴呱呱亂叫——。」

阿公喘喘氣擡起頭，兩個人不期然地對看着，忽然會心地大笑起來。

「好，好，這次照我的方法，再築不成就按照你那個什麼鬼力學去築好了……。」說完，阿公堅毅地站起來出神地看向那廣大的河面。

「阿公，龍形地都已經沖壞了，我們眞的還要再築堤嗎？」我隨口又把埋藏在心中許久的疑惑提出來。

「管伊有龍沒有龍！」阿公淒然一笑，兀自看向澎湃的美濃溪，看着竟歇斯底里般吼道：「屌——鬪不過它我就不叫靑蕃！」

忽然，我看到阿公的眼角竟噙出了淚水。

混濁的河水仍在眼前喧嘩翻滾着，一個漩渦又一個漩渦，不管它知不知道，它總算是碰到兩個眞正的敵手了，不，或許還會更多，我如斯想着；雨，愈下愈大了……。

燈籠花

一

天陰晦着臉，低而濃厚的雲層罩着灰色的山巒，要下雨了吧，從山谷裏刮起一陣陣的風。送葬的人都已經回去了，我蹲在母親的墓前，紙灰被風捲起來，有幾片飄到我的臉上，還有些像耍賴皮硬要跟隨母親的孩子般，哭泣追逐着遠遠地落向相思林中去了。

我凝視着新墳上揷着的紙鶴，看它迎風招展的姿勢，冥然間，似乎矇矇矓矓地看到母親從墳裏飛了出來，坐在紙鶴上對着我安祥地微笑，我不禁打了個冷顫；從極度的震撼中清醒過來，定定神環視周遭，仍是一片荒凉的草原，菅花在風中像波浪般起伏。

躺在這麼一個荒僻的地方，母親必定會感到無邊的寂寞吧，忖度着，心裏對二哥的決定感到有些怨懣起來，竟聽信別人說這裏風水好，堅持要把墓做在這種地方；本來我是希望把母親葬在父親墳邊的，對於一生恩愛逾恆，卻不能同時走完人生旅程的雙親，做兒女的難道不應該如此設想嗎？

如此想着，母親生前孤獨的身影便浮現在腦海中了，母親是日本北海道人，愛上留日時的父親，當年日本人對臺灣的青年還有着很深的歧視，所以父母親的愛情也遭受到外祖父激烈的反對，但是母親對父親的愛卻堅篤不移，於是隨着父親雙雙私奔回國，回到故鄉卻不見容於祖父母，終於悲傷地離開老家到此地來墾荒，如此過了四十幾年，連外祖父母逝世也沒有回日奔喪；這些事都是我們長大以後才從母親口中得知的；我不知道母親對於選擇父親作爲終身伴侶是否後悔過，但是最後的幾年裏我經常聽到母親的嘆息，是嘆息父親的早逝？抑或是嘆息一個遙遙回不去的家？或許兩者都有吧！沒有見到母親臨終時的一面，使我深深感到內疚，在三個兄弟中，母親一向最疼我，說我最像父親，相貌、聲音，連說話的表情、手勢都像；但最受母親疼愛的我，在她彌留的時候；卻仍爲名利事業遠在臺北忙碌奔波着。

接到母親病危的消息，連夜趕回南部，在火車上看着茫茫無盡的黑夜，心中充滿排解不開的恐懼，回到家果然看到祖堂的門開着，兄嫂的哭聲哀切地傳來，我一時愣立在門口，焦急的心倏地冷卻下來，不知怎地我不願意馬上看到母親的遺容，或許下意識裏我仍不願去面對這個事實吧！

「母親病重的時候；還哭着喊你的名字。」大哥絕望地雙手掩面埋在兩膝之中：「她說沒見到你，死也不會瞑目，她果然是沒有瞑目。」

我低泣着撫摸母親蒼白的面頰，輕輕地用手按撫母親的眼瞼，想讓她的眼睛闔起來，但母親失神的眼睛卻仍瞪視着我，我悚然立起，低呼出聲，幾乎向後跌坐下去，我懷着不安的心情再試了一次，才使母親勉強闔起眼皮，以後幾天裏在一連串的報喪、入殮、封棺到出殯的儀式中，思緒稍停下來，母親那空茫茫的眼神便倏地佔據我整個心靈，我愈來愈害怕看到象徵喪儀的一切事物，並不是害怕幡旗、棺木本身，而是由這些東西使我聯想到的母親死不瞑目的事實；這個事實使我陷入無法自拔的哀傷悔恨裏，母親一直都是孤獨的！卽使是臨終的一刻，仍然爲寂寞所啃蝕着吧！等到母親埋入土中之後，這些問題仍一直繞擾着我。

二

記得，最後見到母親是兩個月前的事了。

母親突然託人帶口信給我，要我回鄉一趟；滿懷疑惑回到家，見到母親時我大大吃了一驚，紊亂的髮絲，枯瘦的四肢，雙頰深深地下陷，整個臉像一個蒙着皮的骷髏，蒼白的嘴唇乾裂，緊閉成一條線，本來就矮小的身軀，躺在寬敞的木床上，更顯得像小孩般弱小，整個人乍看上去完全變了形，我幾乎認不出來了。

母親輕輕地呼喚我坐到床前，微笑着用那枯瘦的手撫弄我的頭髮，一再地想從床上撐坐起來，我連忙伸手從背後扶她，母親卻緊緊握住我的手掌，定定地看着我；她顯然用盡了全力，但是我仍感覺她握我的手力量非常微弱。

「什麼時候留起鬍子來的？」母親輕聲問我，我一時不知道如何回答，只是微笑地看着她。

「年紀輕輕留鬍子，都變蒼老了，」我羞赧地低頭握着母親的手。「不過，這個樣子更像你爸爸！」

說着；母親不知道想起什麼竟輕笑起來；我擡起頭看她，母親倏地收斂起笑聲，用空茫茫的眼神盯着我，直看得我打自脊椎冒起陣陣寒意。

我挪動着身子靠緊母親。

「聽大哥說，妳摔到果園邊的大圳裏去過！」我輕撫着母親受傷的腰。

「我……。」母親正欲開口，倏忽又有所顧忌地閉了嘴，我轉過頭看到大嫂端着肉粥，冷漠地站在我的背後，眼神兇惡地瞟了瞟母親。

一時間，母親見到我的歡愉，便像遭到兜頭的水潑一般，忽然冷卻下來；等大嫂啪噠啪噠地走出去之後，母親又恢復了喜悅的神情；我把粥一匙一匙地湊到嘴邊吹冷，再送入母親的口中；也許眞餓了，我發覺母親吃得很起勁，一連吃了兩小碗，我心裏突然興起一個可怕的念頭，母親會不會是餓病的呢？

「我眞應該搬回來住的！」我有所感觸地說。

母親停住了嚼動，眼裏露出晃樣的神采。

「我搬回來之後，妳就和我住一起吧，不要煩擾大哥、二哥輪流着奉養妳了！」

我剛說完，母親眼眶中湧出了淚水，我看着母親抖動的肩，怎麼也弄不明白；母親怎麼會突然變得如此悲傷。

「是不是大哥對妳不好？」我輕撫着母親削瘦的肩。

母親輕搖着頭，任由那淚水逡巡而下——慢慢滾落，我把手擱到她手掌上，發覺她的手指在輕輕顫抖。

「那是二哥囉？」我知道二哥一直對母親偏愛我，有很深的成見。

「別瞎疑心哪，都是自己的骨肉，他們怎麼會對我不好！」母親幽幽地說，但她說這句話的時候；卻有一大泡淚水從眼角湧出來。

「平日裏吃得還好吧？」問這句話時，我覺得有股酸楚哽在喉裏。

母親望着窗外茫然地點頭。

「還穿得暖嗎？」

母親什麼也不說，只是繼續地點頭。

「那麼……什麼事情使妳這麼傷心呢？」我輕揉着母親的手指。

「你還是快點搬回來住吧！」

她猛然轉身把頭埋在我的胸上低泣起來，我覺得這時我抱着的正是世界上最孤獨的老人。

「明天一定要走嗎？」母親在我懷中哭了一會，擡起頭氣吁吁地問我。

「嗯！」

「不能多住幾天？」

「公司裏業務忙，我只請了兩天假。」

母親一絲笑意剛剛勾出，立即凍僵在臉上。

「那麼……明天晚一點再走吧！」

母親眼睛裏閃着幽微的光，企盼的心意自眼角迸流出來，我連忙緊握她的手連連點頭。

「明天你陪我到你父親的墳上去看看？」她把枯瘦的手塞進我懷中撫着：「好久沒去探望他了。」

母親的聲音愈發地低微。

「每次我要求你大哥、二哥帶我去看看，都推說工作忙，我氣起來就一個人去，結果摔到大圳裏……」說着，晶瑩的淚珠緩緩流過母親的臉頰，流進她沒牙凹塌的嘴洞角：「摔死了倒也好，可以早一點看到你父親！」

看著母親一再抽搐的面孔，我情不自禁地把她緊緊地抱住。

三

父親的墓建在山腳下的竹園邊；一條狹窄的牛車路彎彎曲曲通向莊子裏，我攙着母親出來的時候，天正飄着細細的雨絲，泥土的路面；受着雨水的沖刷變得非常泥濘。

我和母親共撐着一把紙傘，母親病體非常孱弱，步子顯得沈重而顚躓，不時停下來倚在我的身上喘氣。

「回去吧，我看我們改天再去！」

母親馬上把身子挺直向前走幾步，回過身來聲音堅定而冷峻的說：「要回去你自己回去，路，我自己認得！」

我連忙趕上前攙扶着她。

「還要走那麼遠的路，我扶着妳走！」我安慰着說：「媽，妳可別生氣，我只是擔心妳的身體……。」

我馬上把話打住，因爲我的話幾乎引來不祥的念頭。

她看着我的臉，半晌才黯然地說。

「清仔，現在不去看你父親的墓一趟，我怕再也沒機會了。」

「不，媽。」我很快地打斷她的話：「妳不要這樣想，我們走吧！」

我緊緊地扶着母親一步一步往前走，走到大圳邊的時候，風漸漸大了起來，我收下紙傘；圳堤很高路面又窄，走在上面看着底下的水光有點使人膽寒，，我蹲下來讓母親伏在我的背上，立起身來；才發覺到母親的身體竟出奇的輕，一股悲淒又湧上我的心頭。

「淸仔！你昨天晚上說要搬回來住，是眞的嗎？」母親湊近我的耳邊說。

「我一定會回來！」我說。

「什麼時候？」母親似乎很急切的樣子。

「等我把那邊的職務辭了，在家鄉找一個工作，我就回來！」

「一時怕還辦不到吧！你說了只讓我掛在心上！」母親有些惱怒，把臉緊緊地貼在我背上。

我心虛地加快脚步，很快地走過圳堤，把母親放下來，看到她被風吹亂了的髮絲，我伸手把它掠了掠。

「你要是回來住，我會跟你大哥講，在山底下挪塊地給你蓋間瓦房，還有大圳邊的田也還給你種？」

「我不要田地，我也不會種田。」

「田你要不要都沒有關係，房子總要蓋一間，將來成了家也好避避風雨！」

我們一路上慢踱着，一邊低聲交談，母親一再把話題放在我回鄉以後的計劃，她說我必須有一間漂亮的小瓦房，屋前屋後種些花草樹木。更重要的是她堅決地相信。

「我這麼好的兒子，當然要娶到一個賢慧的媳婦。」

到達父親的墳地，細雨已經停了；墳墓非常簡陋，只有一塊象徵性的石碑，由於年久失修墓碑上的字已風化得看不清字跡了；墓龜也已部分塌陷下去，從裂開的地方許多野藤般的植物蔓長開來，緊緊地擁抱墳地，墓庭中積滿着竹葉，有些已經腐壞，不斷散發着難聞的霉味，整座墓看上去就像砸碎了的蝸牛一般。

墓地的四周密密地圍種一圈燈籠花樹，如今已是開花的季節，紅艷艷的花朵掛滿枝椏，風吹過來那垂掛着的花蕊便晃啊晃盪着，顯得異常美麗而幽雅。

我和母親坐在墓龜上凝視了一會；便開始蹲下來清理碑下的雜草，並且把帶來的香和冥紙擺散在墳前燒掉，母親邊散着冥紙，邊擡起頭出神地看着前方。

「好漂亮是不是？」母親突然自語般說。

「什麼？」

「那些燈籠花啊！」

「哦！」

「前年我從廟後邊剪回來種的，長得眞快！」

「哦！這種花很賤，隨便插都會活！」我無心地說了一句。

「你說它賤？」母親停住了手上的動作，表情嚴肅起來。

「沒什麼價值嘛！鄉下到處都有。」

「到處都有就叫賤嗎？」母親絲毫不放鬆地問道。

「……。」

「爲什麼要說它賤呢？」母親略爲哀傷地說：「你父親生前最喜歡的呢！」

「哦！我的意思是說它容易栽！」我趕快修正過來。

「容易栽表示生命力強，值得尊敬哪！」

我不迭地點頭同意；爲剛才的失言表示補償。

「我也非常的喜歡哪，那種鮮紅的顏色，常使我想起遠方的家鄉。」母親似乎慢慢地墮入遙遠的回憶之中，眼神顯得迷濛起來。

「和你父親離開北海道家鄉那年，我剛滿十八歲，天正飄着雪，母親提着一只唐式的燈籠來送行，一直走了五、六里路到了江邊才停住，坐着雪橇離去的時候，我頻頻回首，遠遠地還看到那只燈籠的火光在雪地中晃啊晃的。

「來到臺灣以後，很長一段時間，經常夢見那只燈籠以及被燈籠光映成紅色的母親的臉，醒來以後總會傷心哭泣；但是日子久了以後，我也漸漸把這件事忘了；後來跟你父親到這裏來開墾荒地，看到這兒到處野生的燈籠花，那種鮮艷的色彩，不期然地又勾起了我遙遠的記憶；於是我便深深愛上這種花了，你父親看我喜歡它，也附和着說喜歡；屋前屋後種了一大片，我也不知道他是不是眞的喜歡，不過每當花開的季節，他就會摘下一大堆把茅屋到處揷滿；裝扮成一間花屋，我看他高興的樣子，大概是眞的喜歡吧！」

母親說完之後，仍定定地看着那些燈籠花，良久，我把手輕輕擱上她的肩上，覺得有點冰冷。

「我也喜歡燈籠花了呢！」我把頭緊貼着母親輕輕地說。

「你剛才不是說它賤，沒什麼價値嗎？」母親微笑地看着我，看了一會，兩人突然會心大笑起來。

回家的路上，母親戴着夾滿燈籠花的斗笠，像剛出嫁的新娘般，伏在我背上，一路上唱着哀傷的歌，我一句也沒有聽懂，母親說那是她家鄉的情歌。

四

從父親的墳地回來，母親便累倒了，整個下午都躺在床上，看着她安祥的睡容，我沒敢驚動她，便自己騎了部脚踏車到村子裏轉了一會，回到家已經是家家戶戶上燈的時候了，我正要把脚踏車停放起來，突然聽到廚房裏有爭吵的聲音。

「奸臣！」是大嫂尖銳的怒罵聲。

「再說一遍看看，我撕爛妳這張臭嘴！」二哥不知道什麼時候來的，也不知道爲什麼會和大嫂爭吵起來。

「偏要說，奸臣、奸臣、奸臣……」

啪，清脆的耳光聲。

「叫妳不要說了，沒聽到是不是？」大哥的怒吼恐怕左鄰右舍都聽到了。

「你……敢打我，你這爛男人，幫助兄弟欺侮自己老婆，算什麼好漢，臭男人，爛男人！」

接着一陣乒乒乓乓摔打碗碟的聲音。

「幹××，幾天不修理就肉癢。」大哥咆哮着。

又是一連串的耳光聲，大嫂蓬散着髮衝出來，禾埕上已圍了一大堆旁觀的鄰居，大嫂呼天搶地站在中央破口大罵。

「奸臣，死沒有人埋的大奸臣，說好一邊輪半個月，爲什麼他要耍賴皮，阿母又不是我一個人的！」

「老太婆病得快死了，三個兒子那個肯來照顧？每天早晚屎啊尿的，不是我，那日本婆子還能活到現在？」

大嫂的話像晴天裏一聲霹靂，轟然巨響，使我腦海一片空白，幾幾乎站立不住，許久才清醒過來，我連忙跑向母親的臥房，心裏默禱着母親沒有聽到這句話，打開臥房的門卻看到母親端坐在床頭上，蒼白的嚇人的臉孔不斷地抽搐，眼淚像斷了線的珠子般掉落下來。

由於心中的鬱悶，我沒有留下來吃晚飯，匆匆趕回臺北，母親堅持着送到車站，我不答應，還叫姪兒拖住了她，臨行前我緊握着她的手。

「我會儘快地搬回來！」

母親卻一語不發地，用那空茫茫的眼神盯着我。

我沿着小路走向車站，邊走邊回頭看看山坳邊古老的家，遠遠地，在黑夜中，驀然間覺得好像看到它倒了下來。

倒了下來，一陣風把墳上插的紙鶴捲翻，正好倒在墓碑前，脆弱的翅膀折壞了，我看着破損的紙鶴，想到母親返鄉的夢再也飛翔不起來了，一股綿綿不絕的悲哀在我心中翻滾着，我忍不住伏在墳上哭了一會。

直到疲憊不堪後，才緩緩地站起身來，一轉身，意外地竟發現大哥也低頭跪在我的背後，大哥仰起臉默默地看了我一會。

「剛才大家到處找不到你，怕你發生意外，我想你一定會在這裏。」大哥夢囈般說：「回去吧！天一黑下山的路就不好走了。」

我一語不發地瞪着他，大哥近乎哀求地說。

「回去吧！」

「……。」我別開臉去。

「我知道母親的死，你不諒解我！」

「你不用解釋！」

「有些話，我無論如何要……。」

「不要說，說也是白說！」我制止大哥說下去。

「我非要說個明白，你不聽我也要說。」

「不要說！」我大聲地吼叫。

「我偏要說。」大哥也狂吼回來。

「混蛋。」我撲向大哥，狠狠向他撲去。大哥踉蹌站起，又跌坐下去，正好坐在母親的墳上。

我一個箭步又撲了上去，大哥緊抱着我在地上翻滾糾纏，直到筋疲力盡，才愣愣地互看了一會，然後相擁着像孩子般哭泣起來。

「母親病危，爲什麼不早幾天通知我！」我嗚咽地責問他。

「我以爲她只是老毛病，只要吃幾天藥就會好的。」

「母親臨終前到底囑咐些什麼？我問二哥爲什麼他不肯回答我。」

「是我要他不要說。」

「爲什麼？」

「……。」大哥緊抿着顫抖的嘴唇。

「爲什麼?」我緊逼着大哥問。

「一定要知道?」

「……。」我緊盯着等待他的答覆。

「母親死得很悲慘，臨終前吐了幾次血，到後來神智錯亂了，一會兒呼喊着父親，一會兒呼喊着你，忽哭忽笑地。」說着大哥嗚咽起來：「彌留時一直喃喃不停地唸着燈籠、燈籠，看到燈籠啦……大家不知道是什麼意思，妳大嫂告訴她現在不是節慶，家裏找不到燈籠，她便低泣着嚥了氣。」。

「我知道我是個不肖子，母親生前，我沒有好好奉養她。」大哥抽搐着：「都怪你大嫂，那個沒有知識的婦人家，常常無意地刺傷母親的心。」

「大哥，說她幹什麼呢，我們不也一樣，何曾讓母親開心過。」

我扶起大哥，用手擦去他的淚，撫慰着他說。

「回去吧！天黑了山路不好走！」

攙扶着大哥往山下走去，遠遠地看到二哥削瘦的身影站在相思林邊。

三個人默默地走着，山路很難走，我們互相扶持着才一步一步地走下來。路過大圳邊的時候我心裏突然有了決定。

「我暫時不回臺北了！」我告訴他們。

「哦？」大哥狐疑地看看我。

「昨天我到父親的墳上看過，野草長得很高了，我想利用幾天的時間把父親的墳地整理整理。」

大哥、二哥低頭緘默着，三個人突然不約而同地停了下來，遠遠地望向母親的墳地。

我仰首看看天空，盼望着明天能有一個晴朗的天氣，我將到父親的墳上剪幾枝燈籠花；插在母親的墳邊；燈籠花是一種生命力很強的植物，我相信兩、三年以後，它就會在母親的墳邊盛開起來，只是到時候，那片鮮艷的色彩不知母親是否看得到！

大鯉魚

壁上的鐘敲過十下，我已經坐立不安了，幾次放下手中的課本，望向門口的大榕樹邊，門口路燈的光淡淡地灑落在樹下，榕樹底下依舊空蕩蕩地隱隱約約只看到我家的大土狗蹲踞在那兒守候着。阿公怎麼還不出來？我們約定好的，今天要一起去抓那隻鬼精靈的。難道阿公騙我？不讓我跟自己一個人去了？

想起那條鬼精靈心裏無端地興奮起來，阿公一直說他一定有五斤重，那麼大的鬼東西我可看都沒有看過呢。五斤重，五斤重……那一定是非常嚇人的，唉啊；阿公怎麼還不出來呢，心裏愈急愈是煩躁。隔室阿爸平勻的鼾聲很有節奏地應合着屋外的蟋蟀的鳴叫。有隻蟑螂從牆縫中鑽出來，沿着桌沿想爬過去，我抓起課本狠狠打過去，牠應聲掉落，輕微地動了動便靜止着裝死，看着牠想欺瞞我的樣子，我憤怒地一脚踩下，把牠踩得稀爛，白白的肚腸都流出來了，踩完我卻又突然感到難過起來。

滴亮，滴——亮，我聽到網錘撞擊的聲音，興奮地望向窗外，果然看到阿公走出來，把網放在地上，站在榕樹下，用手電筒往我這邊閃了兩下。

我悄悄地潛行到隔壁臥室看了看，確定爸爸媽媽都睡熟了，便一溜煙地跑了出來。

「阿公。」我跑到阿公身邊，阿公正彎着腰整理漁具。

「你阿爸沒看到吧？」阿公把魚簍遞給我，理了理地上的魚網背到肩上。

我和阿公說過，不要讓阿爸知道我和他去抓魚，要不然阿爸又要駡我。

「沒有，他睡着了。」我邊說着邊把魚簍綁在腰上。

「功課都做完了？」

「嗯。」我漫不經心停了一會才回答，跟着阿公背後往河邊的目的地走去。河流離我們家大約兩百公尺的光景，從小學二年級開始，我便經常深夜裏跟阿公到河上捕魚，捕魚原是爲了樂趣，阿公說他是「晚間運動」。我最喜歡看魚兒被網上來後在岸上卵石灘跳躍的畫面了，有月亮的晚上看起來更是格外淒美。那一條條雪白的鯽魚仔、白鰷仔、歪嘴仔。就像倏地撒下一大把的銀條一般，到處蹦跳不已。尤其每年秋收以後，河裏的鯉魚長得又肥又大，一網撒下去，運氣好的時候可以網上來七、八條，條條有斤把重。從撒網到收網上岸的一段時間是最令人興奮的時刻。爲了能經常享受這種樂趣，我一直在阿爸的面前托故說照顧阿公，和阿公睡在一起。

可是到了最近，媽媽在阿爸面前煽動說，我明年就要上國中三年級了，不能再這樣野，於是便不准我和阿公一起睡，更不准我跟阿公到河裏去捕魚了。而且阿爸還罵我說，阿公今年六十五歲了，我應該幫忙勸勸阿公，萬一在河裏出了意外怎麼辦呢？要阿公不去河裏捕魚，我知道那是比登天還難的事，阿爸爲什麼如此不瞭解阿公？我跟了去，對阿公多少還有個照顧，我不跟去阿公才眞是危險呢。

「昨天晚上挨罵了？」阿公頭也沒回地走着，網錘在他背上晃動着，發出清脆的碰撞聲。

「嗯。」

「喂，怎麼像女孩子一樣？阿公問你話，你要大聲回答。」

「嗯，捕魚回來，正要偸溜上床，被阿爸抓到罵了一頓。」

「哈……這樣你還敢跟阿公來。」阿公笑着回頭看看我。

「哼，以爲這樣就管得住我。」我冷笑着說，心裏有些憤憤不平地：「沒見過這麼無聊的事，一天到晚唸書啊唸書的，好像一下子沒唸書就會變成白癡似的。」

「這沒錯，做學生本來就是要唸書的。」阿公居然也幫助爸媽說話，眞是氣死人。

「可是我不喜歡唸書嘛。」

「不唸書將來就要曝天曬日，做個抓泥卵的農夫喔。」

「做農夫有什麼不好？我就喜歡耕田抓泥卵。」我賭氣地說。

「也不是說做農夫不好啦。」阿公笑着看看我說：「不過有書唸眞福氣的啦，不像阿公以前歹命，想唸都唸不到，現在斗大的字都不識，眞艱苦的啊。」

阿公說完轉身繼續埋首走去，我也急急跟上。圳邊的草長得很繁盛，我怕裏面藏有毒蛇等可怕的東西，順手在圳堤上撿到一枝竹條，沿路揮打着，有幾隻青蛙受到驚嚇，噗通噗通躍入圳水中。圳兩旁就是我家的田地，此時在皎潔的月色下呈現出一片靜謐柔和的景色。幽微的蟲鳴像山澗的溪水，從四面八方湧過來。走着走着，我無端感到寂寞起來，蟲鳴撩起我的遐思，使我領悟到此刻自己正夾在許許多多生命之間，而牠們都能放縱自己，都能如意地生活，引吭高歌，消遙自在。我此刻卽算是走在這寂靜的大地中，卻還得擔心阿爸明天一頓臭駡。唉，大人們爲什麼就不能讓我像田野裏的小動物自由自在去生活呢。

正沉思着，突然絆到一叢含羞草差點摔到圳裏去。抬起頭看到阿公已經走得很遠了，正轉過身來等着我。

「小猴子，怎麼了？」

「沒有啊。」我加緊脚步走過去。

「看你像吃到魚藤水的魚般，昏沉沉地。」阿公微笑地用手摸我的頭。

「沒有啊，很好啊。」

「我知道啦，是不是怕回去被阿爸駡？寬心，阿公明天會同他講。」阿公說着放下背上的網，用一種舒適的表情環視周圍，深深吸了一口氣。

「這麼好的景緻，小孩子出來走走才會有好身體，你阿爸啊和一般人一樣，觀念不對。你阿祖以前就經常半夜裏把阿公拉起來到河邊走走，浸浸水。你看，阿公現在身體多好。」阿公用力拍拍胸脯，大概拍得太重了，不禁咳了兩聲。

「阿公，你說半夜裏起來到河裏浸水？」

「是啊」阿公邊說着，脫下上衣，走下圳水中，把網浸濕「你阿祖古早在莊裏是潛水大王，有人幫他量時間，竟然可以在水中等到一枝香在燭火中燒去半截才起來呢。所以莊裏的人都給他取了個外號叫半枝香。」

阿公深吸一口氣，猛地蹲入水中，用雙手把圳水潑得滿頭滿臉。

「我們家就屬你阿爸最沒搞，連游泳都不會，啐！」阿公的白髮在月光下閃閃反光，蹲在圳水中的阿公看上去眞有一種逼人的豪壯。「小猴古，將來做什麼都好啊，就是不能像你阿爸那款輭弱。」

在水中浸了一會；阿公忽然不停地咳嗽起來。

「阿公，起來了，莫凍着了。」

「騙……，騙——鬼。」他邊咳邊說着，爬上圳堤，我忙把外衣遞過去。

阿公接過衣服擦乾身子，然後墊在圳堤上坐下來，仰首看了看夜空，停了一會才說：

「我們坐一會兒。」

「什麼？」我不解地問。

「我們在這裏等一下，現在月亮這麼大，影子映到河水中，魚會嚇跑。」

「哦。」

「小猴古，這是夜裏網魚的基本常識，你要學起來。」阿公像課堂裏的老師般向我解說：「最好的時間是等到月亮被烏雲遮到的時候下網，這時魚兒最容易疏忽戒備，尤其是河中的鯉魚，對光影非常敏感，撒網前必須先仔細選好地形，儘量避過背景明亮的位置，更要注意不能使月光從背後照射過來。」

我津津有味地聽着，對阿公這種講解我最感興趣，不像我們學校的生物老師，雖然唸過很多書，但是連草魚，鰱魚都分不清。更有一次，上實驗課的時候抓來一條鱔魚卻告訴我們是鰻魚。

「喂，阿公，你看今天晚上牠還會不會出來？」我打斷阿公的話。

阿公看了看天色，沉思一會。

「會。」隨卽又更加肯定地說：「一定會。」

我們說的牠，是一條大鯉魚，我們已經想盡辦法要抓牠兩個月了，每一次都因爲沒有算準牠出來吃餌的時機，讓牠溜走，阿公從牠吃剩的餌中斷定說牠有四、五斤重。阿公的魚餌是特製的，用香噴噴的炒熟的米糠，混合麻醬、蛋黃、米穀加上河裏的黏土揑成文旦柚般大小，傍晚時分放入河中水流較緩，魚兒經常出沒的地方，到了晚上才出來收拾牠們。阿公說他所以知道有這麼大一條大鯉魚，就是靠黏土香餌留下的口跡判斷的。起先我還不太相信阿公的說法，後來好幾次晚上阿公下網之後，下游不遠的地方總傳來「潑辣」大魚翻身的聲音，我這才佩服阿公眞的是經驗豐富。

「伊娘，眞是鬼一樣狡猾的傢伙。」每次讓牠溜走，阿公都會恨恨地詛咒。

「小猴古，就算牠是鬼精靈變的，阿公也要把牠抓起來瞧瞧。」阿公堅定的眼神在黑夜中閃着微光。

「我可是抓過八斤大鯉魚的人哪，我就不相信抓不到這隻傢伙仔。」

阿公青春時輝煌的事蹟，最近我至少聽過十遍以上了，有時候他說七斤，有時候又說八斤，說得更重的時候也有，不知道眞正是多少斤。不過，每次聽阿公這樣說的時候，我總會在阿公臉上看到滿滿的自信。

「阿公。」我輕輕地喚他，阿公沒有回答。

「阿公，阿公。」這才發現他正望着前方的稻田出神。

冷風吹過來，我不禁打了個冷顫，隨着夜風拂過，我似乎聽到阿公夢囈般的自語。

「老了？騙——鬼，我……。」以下便聽不眞切。

圳兩旁的稻子已吐出新穗了，這時夜風輕輕拂弄着，一大片一大片緩緩地波動起來，沙沙的聲音像是稻穗在輕笑般。漸漸地我感到阿公那「老了……。」的夢囈溶入綿綿不絕的輕笑中飄失了。無涯的月光柔柔地灑在這一片稻田上，眼前的景色倏地使我感動起來。月下的大地啊，我似乎無意中觸及了它的脈動，眼前的一切漸漸地活動起來了。那渾沉的大地的呼吸。那悉悉索索的稻族的低語。那汩汩不停的圳水的輕唱。那唧唧切切的蟲們、蛙們、蚯蚓們的歡悅。大地啊，一切生命之母，靈魂之源。

許久許久我沉溺在月下的大地中，有一隻小青蛙不知什麼時候鑽入我的褲襠中，冰涼的感覺使我驀然驚醒。

阿公像物化的老僧般，月亮正巧懸在他腦後，從他身上散發出來的平和的氣氛，忽然間使我覺得阿公已經不存在了，已經和田裏的稻族溶爲一體了。這種幻覺使我生起一陣莫名的驚慌。

「阿公。」我急急搖晃着阿公，我幾乎要哭出來了。

「哦——。」阿公像是從夢中驚醒般，看了看我舒口長氣：「小猴古，嚇阿公一跳。」說完又把眼光投回那片稻田上，像是看着一羣孩子般看他們。

「眞好看，是不是？」

「什麼啊？」

「這些稻子啊，小猴古，來，跟阿公來。」阿公興奮地從圳堤上走下田埂裏去。

「阿公。」我覺得阿公今天晚上的行動有些奇怪。

「來啊！還戇樹頭般站在那邊幹什麼？」阿公坐在田埂上向我招手。

走下田埂，看到阿公正捧着新發的稻穗聞着，舔着。

「小猴古，你也舔舔看，甜甜的呢。」

「我不要，前幾天阿爸才噴過農藥。」

「哦——。」阿公嚇了一跳，抬起頭看了看我。

「是啦，是啦，現在的世界，連稻子都容易生病了，不噴上幾次農藥還眞沒有辦法收成啦。」

阿公悻悻然地用手輕撫着稻穗。

「不過你摸摸看也好啦，讓它慢慢滑過你的手掌縫，就像這樣，唔，癢癢地，這個感覺，你——你阿伯一定是忘了」。

我看到阿公臉上閃過一絲痛苦的表情「這不肖子，唉，一定都忘光。」看着阿公提到伯父時悲憤的表情，我也跟着難過起來。今天早上伯父爲着明天阿媽的生日還特地開着轎車，衣冠繁華地帶着伯母一家從臺北趕回來，爸媽都很高興地迎接他們，只有阿公遠遠地避開，伯父叫他，他睬也不睬，我感到很奇怪去問阿媽，阿媽說是因爲伯父太傷阿公的心了。還說，阿爸他們兩兄弟，阿伯自小阿公就特別疼他，說他聰明伶俐，所以用盡一切方法培養伯父唸高中、大學，最後還送出去留學拿了農業碩士的學位回來。伯父剛回國的幾年在鎭裏農會服務，負責鎭內農業推廣的工作，而且把家裏幾甲地弄得有聲有色。後來也不知怎地，突然厭倦了，把地賣給莊內的惡富王猪哥，然後帶着一家人搬到都市去闖天下。這件事我也聽阿爸說過好幾次，阿爸還讚美伯父這樣做是有遠見，好眼光。但是現在阿公爲什麼反而罵伯父是「不肖子」呢？

「我的小猴古，以後可不能學你阿伯的樣啊。」阿公把稻穗捧在臉上摩娑着。

「像阿伯很好啊，賺大錢啊。」我不假思索替伯父辯解。除了賣土地，我還是認爲伯父是一個很和藹又善良的人。

「沒出息！」阿公斬釘截鐵地說。

「但是阿爸說阿伯很了不起，現在已經是個大企業家了。」

「沒出息就是沒出息，像他那款人當總統也沒出息。」阿公又惱怒又悲涼地說：「糟塌祖宗的土地，他都能出頭，那還有天理。」

看到阿公悲痛欲絕的表情，我不禁有些恐慌起來。阿公是有名堅強的人，自我懂事以來除了阿祖死去那次，我從來沒有看過阿公如此傷心。

「小猴古啊，你不知道，這大圳旁的幾甲好田，以前是石礫遍地的埔地，是阿祖的阿爸、阿祖、阿公兩三代人辛苦開墾出來的。阿公從懂事的時候起，就經常和你阿祖拿着畚箕在埔裏撿石頭，撿了幾拾年，繭都撿厚了。」阿公伸出他的雙手給我看。

「還要挑土來塡，這就叫開墾啦。從勉強可以種蕃藷、蕃豆，到今天長出這麼漂亮的稻子，小猴古，每一寸土地都是血汗凝起來的啊。」說着，阿公的頭愈伏愈低「作夢也沒想到，你阿伯讀書讀到屁股溝去了，竟然輕易地就糟塌了一半的土地。」

「阿爸說這也不能全怪阿伯，這個年頭種田艱苦，吃不飽餓不死，倒不如像阿伯那樣，到都市努力打拚求前途啦。」我不服氣阿公這樣罵伯父，以前阿公這麼愛他，現在阿公是對他有誤會，才如此不諒解伯父。

「你阿爸也這樣講？」阿公猛地抬起頭看我，臉上的肌肉不斷抽搐。「那你阿爸也是讀書讀到屁股溝去了。戇人！耕田養不活家？以前一家七、八口人不是阿公種這些田養活的？難道你阿爸是吃泥長大的不成？」

「阿爸也不是這個意思，阿爸說土地誰種不是一樣？阿伯本事大到都市闖天下也不能說他錯啦。」我看阿公把怒氣轉到阿爸身上，我忙替他辯解。

「阿公什麼時候怪你阿伯到都市去闖天下？阿公又有什麼時候怪你阿伯賣土地？」阿公愈說愈激動，舉起右手擦了擦眼角。「小猴古，你要知道，阿公是恨你阿伯明知道王猪哥不是一個有心種田的人，他只是聽了謠言說我們土地是都市計畫中的工業預定地，準備投機大賺一筆才慫恿你伯父賣田的壞蛋。你阿伯竟也爲了多幾文錢賣給了他。你自己看看，那些良田，現在都任憑它有種等於沒種地荒蕪，牛筋草，紅蔦蘿滿田滿園。這樣糟塌我們祖先的血汗，小猴古，你們沒心肝，不知阿公心裏的艱苦啊！」

阿公說完，上半身就趴伏在田埂上，雙手緊緊抓着田土，我心裏一陣酸楚，看着阿公這樣悲傷不知道怎樣才好。

「阿公。」阿公好像沒聽到我的呼喚，仍靜靜地趴伏着。

「阿公，你放心，我將來要去考農校，我要學好農業知識回來種田。」我不知怎地會想到用這句話來安慰阿公。

靜默了一會，阿公才慢慢坐起身子，定定地看了我一會，粲然一笑說。

「小猴古，阿公也不是一定要你將來種田啦，我倒眞希望你好好去唸書，在別方面光宗耀祖。只是阿公今天告訴你的這些話，是希望日後無論你做什麼事情，人哪，都要念源思恩，都要去尋到自己的老根。」阿公的聲音漸漸變得沉穩，臉色也轉嚴肅起來。「像你阿伯，再有多大的事業，多大的成就，阿公心裏總還是認爲沒出息的人哪。」

我不敢肯定我已懂了阿公的話，只是一味地頷首，兩個人坐在田埂上，忽地卻緘默下來。田裏的青蛙此起彼落地呱啦呱啦鳴叫着，時間在沉寂中流逝。

「走啦。」阿公緩緩站起來。用一隻手遮着額看了看夜空，「月亮跑進雲裏了，那麼一大塊烏雲，時間足够了。」

我坐着沒有起身的意思，阿公伸手拍了拍我的肩膀。

「小猴古，走啦，看阿公今天抓大鯉魚。」

阿公走回圳堤，提起網默默走向河邊去，我緊隨着阿公一步也不敢落後。沉默地走過幾段田埂，只有禾葉磨擦着脚踝的沙沙聲，合着阿公背上「滴亮、滴亮」的網錘聲。我激動的心一直未能平伏下來，剛才阿公趴伏在地上的影像一再浮上我腦際，它使我想起今天中午，阿爸和伯父密商，勸阿爸把田地賣給別人耕種，準備搬到都市去合作經商的事來。我再三思忖是否要告訴阿公，這件事阿公遲早要知道的，到時候又不曉得要如何傷心呢。

「喂，你走到那裏去了。」阿公這一喊，我才發現我走到分歧的田埂上去了，我急急回頭跟上阿公。

河岸邊是一大片痲竹園，暗淡的月光從竹葉縫中灑下，使得地上斑斑駁駁，風吹竹動，光影便到處亂竄，像是在上演皮影戲般。我把手電筒關滅，憑着多年來練習的目光，隱隱約約沿着小路潛行向河岸邊。阿公已把網放下，靜靜地用雙手抱着不讓鉛錘發出聲音，並且暗示我不要踩到枯竹葉。兩個人就像狸猫般，走到岸邊的約離河水十公尺的地方，用手小心撥開枯葉，尋了塊乾淨的沙土坐下來，河水邊因爲月光被河水反射的關係，顯得比其他地方明亮，周圍的景物可隱隱約約看得清楚。

「噓，看到沒？」阿公指指身邊的那條綿線輕聲地說。

由水中通到岸上來的綿線，此時正急驟不停地顫動着。這是有魚羣來吃餌的訊號，綿線是我們放餌的時候裝上去的，尾端綁上一把稻穗置在泥餌旁邊，來吃泥餌的魚自然也吃稻穗，如此我們只要看綿線的抖動情形，就可以知道水底的魚們的情況了。尤其經驗豐富的阿公，從綿線顫動的幅度和頻率就可以大約知道魚羣的種類，以及是否有大魚摻雜在其中。

「你看那又細又碎的抖動，那是一羣鯽魚仔。」阿公說着，眼神倏地亮起來，「伊娘，小猴古你注意看，一、二、三，唔，一、二、三，唔，那鬼精靈眞的來了。」

我看到阿公的手在發抖，眼睛始終瞪着那條綿線，眨也不眨一下。

過了一會，那綿線的大顫動突然沒有了。

「眞是像鬼一樣精，牠離開餌到周圍去廻游戒備了，這麼小心狡猾，難怪老抓不到牠。」從阿公又興奮又憤怒的表情看來，阿公是逢到了生平最難纒的敵手了。

「沒辦法接近嗎？」我輕聲問阿公。

阿公雙掌蒙住臉孔，沉思了一會。

「對付這鬼精，必須比牠有耐心，小猴古，你現在注意算看看，牠每一個巡廻要多久。」

我被阿公的神情煽動起來，心裏感到無比興奮，彷彿就是電影「六壯士」中的主角般，現在正算計着偸襲德軍的哨兵。我默默心算估量着差不多和秒針走的速度般。從綿線顫動後停止起，至第二次再顫動止；如此，算了四趟，每一次都是算到五十左右。

「好，你蹲在這裏，阿公趁牠一離開餌的時候摸過去。」

阿公輕悄悄地把網理好。我全神貫注地看那條綿線。動。動。動。不動了。

「一、二、三、四、五……，阿公，走。」綿線停止顫動後，我暗數十秒鐘就打暗號給阿公。

阿公伏得很低，三步兩步便潛行到水邊了，如此敏捷又無聲無息的功夫，一點也看不出阿公是一個老人。

我緊張地把鼻息儘量放小，覺得喉頭好乾。岸邊的阿公就像擺在那兒的岩石般，動也不動，這眞是逼人發瘋的一場對決。

河水無聲無息地流去，緩緩地在河彎處形成一個廻旋又一個迴旋。流。阿公的汗水。我的汗水。流。流。阿公的鼻息。我的鼻息。流過去。河水。流過去。時間。流過去。阿公的等待我的等待。一切似無聲又有聲。似靜又似動。似……「動啦！動啦」岸上的綿線急驟地顫動起來，我不禁在內心中大聲吶喊。

阿公的身影猛地站起來，看着他把網往後一挪，再向前用力撒出。嘩！像突然盛開的曇花般散開了。刷！蓋入水中，邊沿的水花輕輕一躍。摒息。兩個人都楞着，緊盯着水面，一會兒「潑辣」一聲，大鯉魚從網內竄跳起來，撞到網線，「潑辣」又摔回水中。

「中了，中了。」我大叫着，衝向阿公身邊。

「急……急什麼，猴……仔搶蕃藷一樣。」阿公叫我不要急，自己卻急得話都講不順口，還差點沒站穩摔入河中。

「別急，別——急。」阿公像是在提醒我，又像是在提醒自己。

「老了？騙——鬼，騙鬼啊……。」阿公興奮得有些語無倫次了。

潑辣。潑辣。大鯉魚又在網內拚命竄跳了兩次。

「拉着。」阿公把網繩交給我，雙手撑着岸溜入河水中。水漫過阿公的胸部，阿公突然不停地咳嗽起來，我注意到阿公行動有些不妙。

「怎麼啦？阿公。」我急問。

「脚抽筋啦。」阿公極其痛苦地答。

「我下來幫你。」我順手把網繩綁在繫綿線的竹椿急忙開始脫衣服。

「不行，你還太小，這裏水深，地形你也不熟；太危險！」阿公大聲制止，假如只是不准我下水阿公也用不着那麼生氣。

「來，拉阿公上去。」我伸手拉阿公，差點連自己也栽入水中，我沒想到阿公這麼重，要擔負他的重量眞不容易。

把阿公拉上岸後，幫他把脚踢了踢，揉了揉，一會阿公便能站起來了，從竹椿上解下網繩，慢慢地拉網。

「用不着落水，在岸上慢慢收網便能收拾牠。」阿公冷冷一笑：「只要我耐心纒牠，還怕牠變精不成。」

潑辣。潑辣。網慢慢縮緊，大鯉魚還在網中縱跳。

「跳吧，再跳，再變，孫猴仔總跑不出如來佛掌心，跳吧。」阿公那莊嚴的神情，使我想到神，五穀廟內的五穀爺。

收着收着。收着收着，阿公突然停住了拉網的動作。大鯉魚太過安靜了反而使阿公擔心起來，阿公曾告訴我，入網的鯉魚如果突然平靜下來，那便是牠準備用詭計脫身的預兆。

阿公換了幾個位置，小心翼翼地把網完全收到岸邊，我雙手抓住網身，幫阿公用力一提，把網提上岸來。

網內白亮亮地，有若干條巴掌大的鯉魚和鯽魚仔不停地扭動身子。阿公急急地撥尋，沒看到大鯉魚的影跡。

「伊娘，準是伏在土中使網錘從身上拖過溜走了，伊娘！」阿公恨恨地頓足。

阿公呆立着，我也手足無措只能定定地看着阿公。

「潑辣。」下游輕脆傳來大魚翻身的聲音。

阿公猛地坐了下來，看着汩汩流去的河水，喃喃自語：

「伊娘，這鬼精，這鬼精……。唉！奈何牠不了啦。」我注意到阿公竟噙出了幾滴淚水。

我悲傷地噤聲不語。我知道在阿公心中逃去的，不是那麼單純的一條大鯉魚。

阿公頹喪地坐了許久，突然蹲起來理理網內的魚，一條條地把牠們拋回河中。我明白阿公的意思，也幫着把魚丟入水中。

聽着潑辣，潑辣，魚兒落水游走的聲音，想到阿公是眞的老了，我再也忍不住哭起來了。

「戇孫，哭什麼？」阿公拍着我的背安慰我。

我還是止不住地抽泣，慢慢地阿公竟也哽咽起來。

「男子漢不能太軟弱，不能像你阿爸。」阿公一再地舉起手來擦眼角：「不過你阿爸……我知道你阿爸的想法，他是看到你阿伯風光，也想賣田賣地，我這老貨仔豈會不知……。」

阿公一說我更傷心地哭泣起來。

「別哭，小猴古，阿公還沒有老哪。我小猴古要種的田地我豈會讓你阿爸亂來。」阿公大力地拍拍胸脯說：「我——我乾興仔再衰也是抓過九斤大鯉魚的人哪，我豈會讓我的子弟賣田地。」

聽到阿公暗地裏又把鯉魚加了一斤，我忽然不想哭了。忍了又忍，終於笑了出來。

「阿公，七斤？八斤？還是九斤？到底是幾斤啊？」

阿公愣了一下，突然呵呵不停地笑起來。

「小猴古仔，你莫取笑阿公，你要記着，阿公要是抓不到這條鬼精，將來你一定要幫阿公抓到牠啊。」阿公用力地摸我的頭。

阿公眞笨，阿公是最知道魚性的人，怎麼會說出這種話，河道會改變，鯉魚也會遷徙，何況又怎知道牠不被別人抓去呢。不過，我想了又想，還是重重地點了頭。

「我一定會抓住牠。」我堅決地望着河水說：「我也要做一個抓到八斤大鯉魚的人。」

阿公聽着開懷地大笑不止，只有河水好似什麼也沒有聽到，還是像以往一樣。流啊。流啊。流……。

夜半琴聲

一

下午，我們大學時期的幾個同學餐會，因爲好久沒見面的關係，大家都顯得很高興談了很多話，這中間有很多都是我已經遺忘的事情，經他們一提起來，都一幕一幕湧回到腦海中來。

大四那年和我住在一塊的林和唐尤其健談。畢業幾年來他們在社會上都已經有了一番成就，只有我最沒有出息，到現在還只是一家私人公司的小職員，也因爲這樣，和他們談起話來總有些說不出的什麼鯁在心裏，始終無法和他們像學生時代一樣無所不談。也許我這種情形看在林和唐的眼裏使他們了悟些什麼，他們很機靈地把話題從事業轉移到以前住在一起時的趣事來，諸如我們如何同時看上房東的女兒，又如何比賽追求她，如何傳遞情書等等，房東的女兒如今是唐的妻子，唐原本宣過誓退出競爭的，所以林便信任他一直託他送情書，送了一年多終於打動了她的芳心，不過打動她的不是林的信，而是唐的明修棧道暗渡陳倉。

「噯，別提了，生過兩個孩子，現在呀胖得像母猪一樣，說話也不像以前嗲哩嗲氣了，一張口便是『姓唐的，姓唐的』扯開喉嚨用吼的，一派粗線條作風，唉，林的，你沒娶她是你的福氣。」唐頹喪地說。

「你們夫妻吵架的時候，她有沒有拿出我以前寫給她的情書氣你？」林半自嘲半諷刺地說。

「幹！」唐用力一巴掌拍到林的肩上說：

「林的，別只顧談那些沒營養的話，說眞的，你公司有沒有比較正的妞，也幫吳的拉拉線吧。」唐故意轉過方向來想引我加入話題。

「人家是想當一輩子光棍比較自由自在吧，皇帝都不急，你太監急個屁。」林推推我的肩膀。

我只是勉強地陪著笑，自己都覺得臉上的肌肉有些僵。

「該不會是還在念著小母鷄吧。」唐突然這樣說，刁鑽地盯著我。

「別胡說八道。」我連忙反駁，心中猛地震了一下。

唐和林不知怎的竟相視大笑起來，引得別桌的同學都別過頭來大惑不解地瞧我們。

「喂！唐的，說到那個小母鷄呀，我最近還看過她一次，有件事情，嘿，眞鮮！」林止住笑聲，興緻勃勃地說。

一聽到有她的消息。我整個注意力便集中起來。

「上個月我們公司在杭州南路一家湖南菜館宴客，說出來你一定不相信，那位老闆娘呀竟然就是小母鷄！」林誇張著表情邊說邊比劃：「嘖，嘖，嘖，現在她呀可不同了，打扮得好時髦，差一點認不出來了。」

「喂—？上尉不是東北人嗎？怎麼會開湖南菜館呢？」唐不解地問道。

「哈，你還在提上尉呀，小母鷄已經改嫁了，嫁給一個湖南佬。」林說。

「改嫁了？那上尉呢？有沒有聽她說上尉現在住那裏？」我急急問。

「住那裏？陰曹地府呀，上尉翹辮子了！聽說是有一晚酒喝多了，心臟病突發，倒下去便不明不白地死了。」

林的話轟然一聲重重擊在我的心上，刹那間感到腦海中一片空白，寒氣陣陣地從背脊骨上湧起來。

「唉！」唐長嘆一聲：「我以前早就說過，像他這樣喝酒像喝白開水一般，遲早會去向閻王報到，看，我沒說錯吧。」

「喝酒醉死掉是小母鷄說的，其實到底怎麼死的，誰又知道？」林用一種很不衞生的表情說：「老夫少妻，上尉又這麼虛，碰上小母鷄這麼勇猛，幹，哈哈……，說不定……哈哈，知道嗎？總之，唐的，人哪……哈哈，那是吃不飽的。」

「伊娘，眞要這樣死那可眞爽，牡丹花下死，做鬼也風流呀，哈……。」唐一拍林的肩膀，兩人曖昧地大笑起來。

「聽說那樣死的人，全身都會軟綿綿……」

我突然感到他倆的話帶給我一層說不出的厭惡感。我藉口說有點頭昏，想到外邊去透透氣便走了出去。

走出餐廳外面，我漫無目標地沿着人行道走向附近的公園。

坐在公園中的石椅上，我懊惱地閉起眼睛來，想靜一會兒，但是心中卻有一股聲音廻盪着：上尉死了，上尉死了……。

不自覺地，眼前就浮出上尉的影像來，那多縐紋的臉，斑白雜亂的短髮，那深邃的眼神，還有那喝醉之後說起話來總會細碎顫抖的嘴唇……，這些都一股腦兒地湧了上來，綿綿密密地纏住我的思緒……。

二

上尉是一個老退伍軍人，事實上他退伍的時候只是少尉的階級，但是有一天我和他喝酒聊天的時候，他感嘆說要不是書唸得少，憑他的功績和年資，最起碼也應該是上尉以上的階級，於是事後我便一直稱呼他上尉。他或許也是一種心理的補償作用吧，聽我上尉上尉煞有介事地叫着倒也頗爲高興地接受下來。這樣叫久了，也許他眞認爲自己是上尉了吧，偶而和別的客人聊天的時候他也自稱是上尉。

上尉的本名叫王大海，六十多歲，個子瘦瘦小小的，一點也沒有印象中的東北人的體型，我以前也曾認識幾個東北人，他們都長得又高又壯，或許上尉是東北人中發育不良的吧。他說他以前幹的是憲兵，像他這樣的體格即便穿起憲兵上尉的衣服大概也英武不到那裏去吧。我看他渾身只有一點像東北人，那就是他特別喜歡生吃大蒜、蘿蔔，說話的時候常帶着濃濃的大蒜氣味。又或許是大蒜吃多了連脾氣有時也像大蒜一般又辛又辣，不過那只限定他碰到不平的事情才這樣，平常他還算是非常有人緣的那類人。他在我們大學附近一間木屋裏開了一家麵館，房子是搭建在大水溝上的違章建築，不過他卻大大方方地橫掛着一副特大的木匾招牌，以粗獷的字體書上「王大海牛肉麵館」七個斗大的字，橫橫地從屋簷的這頭到那頭，顯得又滑稽又不相稱。

王大海的牛肉湯麵當時在我們學生中是相當有名的，尤其是我們這些從中南部來而在附近租房子的窮學生，他的麵館便成了我們經常光顧的地方。有幾個和上尉特別熟的簡直就把它當成自己的家一般，常常捲起袖子來就親自下麵，他的麵館所以特別受歡迎並不是因爲麵煮得有什麼特色，主要是因爲它便宜大碗，而且還有又濃又香的牛肉湯隨便你要加多少就加多少。更有人情味的是熟朋友可以掛帳，店裏頭一塊大黑板上常常是寫滿了欠帳人的姓名和所欠下的金額。像這樣的一家麵館自然是受人歡迎的，上尉也似乎特別喜歡我們這些年輕人，他常說和我們在一起，心裏就感到年輕快活起來。

在當時我也是屬於經常自己下麵的人，我和上尉的感情奠基於我們都喜歡下兩盤，我常在晚間唸書累的時候去找他來幾盤棋。上尉的棋藝不算高明，有時我贏得多了，就會故意讓他幾盤，不知道他心裏明不明白，每次他贏棋的時候，他就會大笑大叫顯得很是興奮的樣子，說我「雖然是大學生也不過如此。」我偶而聽他這麼說，心裏也會不高興起來，棋就有得下了，常到深夜才肯罷手。

不過上尉也有使我感到心煩而不願意接近的時候，尤其他酷嗜杯中之物。他喝酒的姿態和一般人不一樣，就像把酒當成誓不兩立的仇敵般，非一口氣把它全埋葬到肚裏去不可。更使我難以忍受的是，他一喝醉酒整個人便全變了，常常伴隨着哭哭笑笑和呢噥不清的醉話。那些話我大部份聽不懂，聽說是他們家鄉的土話，以前他常說我長得像他留在大陸的「小疙瘩」，喝醉的時候，他可能就眞把我當成他兒子了。有幾次還突然拉住我的手跪在地上哭起來，逼得我只好承認是他的「疙瘩」又哄又騙地把他騙到床上去才算了事。

雖然如此，總個算起來我還是很喜歡他，尤其喜歡聽他講關於東北的種種事情。東北那地理書上說的中國最富庶的地方對於我一切都是新鮮而有趣的，譬如他講松遼平原的高粱田是如何的遼潤，火車走好幾天都看不着邊，說東北的大豆有人的姆指般大。又說那裏的蘋果有吃飯的碗大，擠一擠，光汁就有半碗。我不知道東北到底是一個怎麼樣的地方，爲什麼所有東西到了那兒都會長得如此巨大，不過我想上尉是沒有騙我，因爲我遇到過很多大陸來的人，他們口中所說的家鄉的東西總是比臺灣的好，他們都說臺灣雖然什麼都有但就是小，連人的個子也小些。我想這也是沒辦法的事，海島嘛，又這麼多山，能這樣就不錯了。不過上尉鼓勵我們說要把胸襟放開呀，東北雖然是他的故鄉，可也是我們的祖國。還說他家在東北是大地主，光他家的田地便有臺灣一個縣大，將來回大陸他歡迎我到他家鄉去，他可以分一個鎭大的土地給我種。上尉說這話的時候神情很逼眞，一點也沒有開玩笑的樣子，因此我眞是被他的豪氣和慷慨所感動了，對他描述的東北地方的景觀，更加地嚮往與憧憬。對於他描述的他們如何在雪地中獵狼，如何在長白山上尋人參，到了每年春汎，大河解凍之時又如何去網大魚，特別是那裏的人有什麼風俗？有什麼禁忌……等等，我都鉅細靡遺地緊記在心頭，因爲在那裏，說好說歹我可有一個鎭大的田地了呢。將來我也要和那裏的人做鄰居，一起生活一起奮鬥的，我怎能不先把那個地方的情況弄明白呢。

在那個時候，唐和林也是常到牛肉麵館去的，不過他們是醉翁之意不在酒，他們不屬於我這類學生，吸引他們的不是麵，而是賣麵的人。

上尉的麵店裏有一個十七、八歲的幫手，這個女孩不但人長得俏，再加上有點三八，喜歡和學生們打打鬧鬧，偶而還會應他們的約會，出去看看電影，跳跳舞。

「喂，唐的，小母鷄今晚和我去看電影，你看怎麼樣？」林剛從學校回來把書一丟便大聲嚷，小母鷄是林取的綽號。

「什麼了不起，昨天晚上她還不是陪我去美琪跳舞。」唐悻悻然說，我知道最近他們一直在競爭追求小母鷄。

「跳舞？你娘的咧，憑你？她肯陪你去跳舞？啐！」林譏諷地看着唐。

「幹，不信你自己問問她，嘿……昨天我還……」唐講着故弄玄虛地瞄着林。

「怎麼樣？」林緊逼他說。

「嘿……，我昨天還……還和她打凱士相信不？」

「你娘！」林猛地跳吼道：「講笑也不是這樣。她肯讓你打凱士？你也不灑泡尿照照？」

「你不相信？幹！你不要以爲自己多帥，和小母鷄打過凱士的人可多了，只有你最卵怕你還不知道。」唐撇撇嘴角。

「唐的，開玩笑歸開玩笑，小母鷄雖然三八，壞人名節可要下十八層地獄。」林像洩了氣的皮球頹喪地說。

唐和林就是這麼一對寶，什麼東西都要爭，連追女孩也不例外。

「小母鷄是怎麼樣的貨你又不是不知道。」唐得意洋洋地說：「喂，林的，這樣啦，今天晚上你要凱士到她我便算輸！」

「什麼條件？說。」

「我放棄房東的女兒。」唐舉手宣誓。

「誰不知道你說話像放屁，口說無憑。」

「那你要怎麼樣？」

「吳的作證，立字據。」說著，還眞立了字據。

反正，那時候的情形便是如此，上尉的麵店所以特別興隆，除了我這類學生外，像唐和林等聞腥而至的貓也不少。小母鷄年齡雖小，艷聞可不少，尤其附近的一些小混混們就常在深夜之後載著她在附近兜風，機車飛快地在巷子裏穿進穿出，小母鷄卻緊抱著開車的少年大聲地笑。

「年輕人不要這樣貪玩，阿梅呀，妳不能和他們這樣子鬼混。」我聽過上尉好幾次如此重重地說過她。

「他們要找我，我有什麼辦法。」

「妳自己要檢點呀。」

「要你管。」小母鷄不高興地咕噥：「你不要我做，我走就是。」

「噯，噯，說到那兒去啦？說妳是愛護妳，出了錯不好向妳父母交待呀。」

上尉做人比較忠厚，最後總是他讓步，於是這樣小母鷄便更加放縱了。每個人提到她名字的時候都會露出曖昧的笑聲，有人更直截了當地叫她「落翅仔」了，她好像一點也不在乎，人家這樣叫她，她就嬌笑地用小拳頭搥人。更令我感到意外的是，有好幾次我放學回到租賃的宿舍，唐和林恰巧都不在，竟然聽到住在同樓隔壁房間的三個五專生不知道和那個女孩在嬉戲，粗狂的語言實在不堪入耳。直到有天我聽到他們狂笑叫著小母鷄，小母鷄，和那銀鈴似的笑聲才悚然知道了這項秘密。

我不知道上尉對小母鷄這些行爲究竟明不明白，他到底抱持著怎麼樣的看法？在偶然的機會裏我和上尉下著棋。我無意地提起這件事，他倏地變了臉色，緊撇著嘴唇，許久才恨恨地迸出一句話：

「媽拉個巴子，你們這些年輕人一天到晚就知道搞這些……媽拉個巴子。」

我沒有想到上尉會生這麼大的氣，他霍地站起身來走到桌前又去狂飲他的酒，邊喝邊咒駡我們這些年輕人的荒唐無知，痛心地直陳說我們實在應該把眼光放遠一點，叫我們不要只知道搞七捻八，要去擁抱那一片廣大而美麗的國土……說著，又不斷地唸起他家鄉的美麗和富足，便又哭又笑地數起他富有的家，他的妻，他的兒，他的父母……這時我便看到了全世界最孤獨的老人，一個被無邊的夢魘所壓垮的靈魂，更令我泫然的是，他拿起掛在牆上的一把老胡琴竟伊呀伊呀拉起來了。我驚訝於他琴藝的高超，唱腔的優美，那種細膩幽長的曲調很接近於京戲的唱法，但仔細地聽聽卻又不是，而且裏面的詞兒我幾乎都沒有聽懂。我想一定又是他家鄉的土話，我好奇地問上尉是不是他們那邊的地方戲曲，上尉卻睬也不睬，完全入迷般地癡癡引吭悲歌，眼睛細瞇著，有幾滴晶瑩的淚珠溢了出來。我不知所措地看著，被他哀傷的歌聲和蒼涼的琴韻震撼著。唱呀唱的，最後的一句我卻聽懂了。

問—人—生—到—此—淒—涼—否？

尾音拉得長長地，在夜色中顫抖著傳向遠方。

琴聲戛然而止，上尉竟喘氣般哭起來，蒼白糾結的髮絲愈發地顯得悲涼了。

三

第二天早上我去找上尉，上尉正在切菜，看到我走進來顯得有點羞赧的樣子。我談起昨天晚上的事情，他說喝醉了什麼也記不清了，我誇讚他琴拉得好，他只是緘默地笑著。那種奇特的笑容卻讓我看得膽顫心驚，就只那麼輕輕地把嘴角一抽，帶著些微顫抖的笑容，眞有說不出的空洞。

接著我陸續問了他些話，他都只是不著邊際地唔唔哈哈，我內心裏眞是感到很驚異，怎麼好好一個人突然之間會變成這個樣子呢？我對他的言談，就好似打在一席破棉絮上一般，一點反彈的感覺都沒有。

上尉的確是變了，這個事實不多久大家也都感覺出來了。最明顯的症候便是他的話愈來愈少，而酒卻愈喝愈多，並且不知怎的，他似乎在一下子之間便迷上了胡琴，只要工作一空下來，便可以看到他蹺著腿坐在門口伊呀伊呀地拉唱起來。曲子唱來唱去都是那固定的幾首，雖然我們沒有一個人眞正聽明白他到底唱什麼，但是從他悲涼的唱腔中似乎也可以隱隱約約觸及到他的意思，好像是在感嘆什麼回憶些什麼吧！

像上尉這樣沒日沒夜癡迷胡琴的情況，很快便帶給了大家嚴重的困擾。特別是夜深以後一切靜寂下來，大家都準備就寢了，這時上尉的麵店收了攤，便又發顛般拉起琴來。琴聲在深夜中顯得格外的清晰，一遍又一遍緊纏著大家的耳際，揮也揮不去，常使得躺在床上的我無端地感到煩躁憤怒起來。尤其是他唱到那結尾的一句；近乎嘶啞的聲音，暗瘂而淒涼，聽得我毛骨悚然，渾身起鷄皮疙瘩。好幾次我衝動從床上跳起來想跑下去制止他，但念及他的孤苦零仃，心中昇起同情的情愫便又強自按耐下來，重新躺回床上去。每天如此重覆著，非等他唱盡了興，息了琴聲我才能安然入睡。對於上尉這種癡顛的舉止，唐和林更是憤怒，常忍不住便破口大罵起來。

「他媽，死老婆也不是這個樣，哀哀叫。」唐把棉被蒙住頭咀咒道。

「不是死老婆，是叫春，向小母鷄叫春啦。」林那天晚上約會小母鷄被上尉叱責一番後一直耿耿於懷。

「憑他？老牛想吃嫩萱草，叫破卵帕也沒人理他。」唐猛地從棉被裏鑽出來狠狠地又咒上一句。

「所以呀，他才痛腸，你聽，嗳呀—我的小母鷄呀，我的心呀，肝呀，腸呀，肚呀。」林又翻又滾地在床上要弄起來。

兩個一答一唱地如此折損著上尉。

「好啦，好啦，留點口德行不行？」我雖然也厭惡要命的琴聲，心中卻也萬分不滿意他們如此侮辱上尉。

對於這深夜的琴聲我們是滿肚子怨氣地忍受了下來，但是鄰居們卻沒有我們的耐性，於是不久之後上尉的麻煩便來了，好幾個鄰居跑到上尉的麵店去大罵了一頓。上尉可也眞有蠻勁，罵歸他們罵，等他們罵够回家去了，他又自顧自地唱起來，唱得更大聲更悲涼。這一來眞觸怒了大家，有人便拿石頭砸他的房子。

有一天晚上吵得更兇，好多人圍著上尉罵，特別麵店對門的雜貨舖老板，因爲受害最烈因此也罵得最兇。

「幹你老姆，你以爲你是什麼人？沒有人敢制你，看我來制你！你不睡覺別人也不必睡了？嗄！」

「你敢打我？」上尉淒厲地吶喊。

「打你怎樣？幹你老姆，我砸爛你招牌！」

接著便聽到一陣乒乒乓乓的聲音，夾雜著很多人的喊叫聲。

「好，我叫警察，你別跑，我叫警察！」上尉嘶喊著。

「叫呀，快去叫，警察來才好！」

又是一陣毆打聲。

我正緊張地從樓上的窗戶探頭向外面看。唐突然氣吁吁地跑上來。

「快，快……殺人啦，上尉……拿菜刀……。」

我猛然一驚，慌忙跑下樓去，遠遠看著上尉雙手揮舞著菜刀胡亂吶喊，圍觀的人羣嚇得紛紛散開，雜貨舖的老板拿著木棍正想衝上前去拼命，卻被他的妻兒拉著退回店裏去。

「上尉！上尉。」我擠到人羣前面大聲喊他，希望他冷靜下來。

上尉卻一點也不理睬我，依舊瘋狂地舞著菜刀追到雜貨舖門口，站在門口破口大罵，雜貨舖老板一再想衝出來卻被更多的人勸阻著。

看上尉的樣子是完全喝醉了，行跡猙獰地舞動菜刀去砍雜貨舖的鐵門。我想制止他，但是心裏也怕他已醉得認不出我揮刀砍來，所以只能站在旁邊大聲呼喊勸他。

砍呀砍的，一次又一次地看著他把菜刀狠狠砍在鐵門上發出巨大的聲音。看到他兇狠的姿態，大家都嚇得噤聲不語，突然，上尉的身子一軟倒了下來，直挺挺仰面躺在門口。

我向來便知道上尉心臟不好，看他這個樣子，心裏猛然一驚，慌忙跑上去搖撼他。他一動也不動，我慌亂地在他身上亂按亂推一番。

「打一一九請警察來幫忙！」圍觀的人羣中有人喊。

唐馬上轉身跑向電話亭撥電話，雜貨舖老板眼看出了人命也緊張起來，跑過來急急地問我。

「怎麼樣？怎麼樣——。」

經他這一陣問話，我反而冷靜了下來，俯下頭去把耳朵靠在上尉的胸部，發覺他的心跳很正常。我狐疑地看看他，但見他緊閉著雙眼，抿著嘴唇，蒼白的臉孔一直抽搐著，我伸手想拉掉他手中的菜刀，但是菜刀被他雙手緊握著扳也扳不開。

如此僵持了一會，圍觀的人愈來愈多，大部分的人還穿著睡衣，唧唧喳喳地議論著。嗚哇嗚哇……，救護車嗚著警號急駛而來，車一停住便從車內敏捷地跳出兩個警員，急急忙忙從車內擡出一副擔架。

我也手忙脚亂俯下身去想把上尉抱起來，出乎意料地他卻用力一挺猛然從地上站了起來，看了看大家，一聲不響地向麵店走去。

大家都被眼前的變化弄傻了；睜大著眼睛紛紛讓出一條路來，看著上尉從眼前走過去。兩個警員擡著擔架也愣在那兒，過了一會才大聲喝道：「你們開什麼玩笑！」

「幹你老姆——裝死裝到我家門口來，衰！」雜貨店老板也跳脚起來。

圍觀的人羣看著上尉踉蹌走入店內的樣子，猛地發出一陣爆笑。

我站立在那兒有一種被羞辱欺瞞的憤怒，憤然地也跟入店內，正想和上尉理論，卻看到他把菜刀丟到地上，抓起桌上的酒瓶仰首猛灌，倏地把酒瓶往桌上一頓，神經質地向外吼道：

「媽拉個巴子，我……我拉拉琴唱唱老家的歌也不行嗎？」

吼完，兩眼通紅空茫茫地盯著我。

四

以後再也沒有聽到琴聲了，上尉的歌只能埋在內心深處去唱了吧，我躺在床上如此反覆思想著。很奇妙的，自從沒有了琴聲，一連幾個晚上我都沒能睡得安穩，心裏一片空茫茫地，有種無可言喻的悵惘在騰昇著。到這個時候我才明白，經過這些日子來那琴聲在我的心中事實上已不是單純的琴聲了，以前深以爲困擾的琴聲如今卻出奇地思戀起來，原以爲只要斷絕了它我便能睡得安心過得安穩的，沒有想到事實上並不是如此地單純。於是我終於瞭解困擾我的並不是琴聲的本身，而是琴聲背後的什麼呀。所以卽使琴聲被大家的怒吼吞滅之後，我仍然感到痛苦感到煩躁！

的確，上尉不再拉琴之後我的痛苦更加地綿密了。我眼看著上尉開始自暴自棄起來，看著他一天一天變得乖戾，變得喜怒無常了。鬍碴在他臉上喧囂地蔓生著，斑白的髮絲紊亂糾結，或許連澡也都很少洗了吧，身上經常散發著難聞的惡臭。更加令我心寒的是，我常一句無心的話便使他狂暴起來，兇狠的模樣就像發瘋的狗。

習慣自己下麵的人，如今是連麵店都不敢踏進去了。更麻煩的，有人開始在麵中發現了一些不乾淨的東西，諸如蚊子、蒼蠅、頭髮……更有人說上尉的麵賣不完，隔了幾天還拿出來賣，麵都發酸。如此一來，沒信用的產品再加上不和氣的店主人，於是王大海牛肉麵館，開始沒落了。它漸漸地在我們學生的心中失去了地位。沒有了顧客的麵店只好開開關關地勉強維持著，三天之中就有一天門戶深鎖。

俗諺說「屋漏更遭連夜雨，船遲又遇打頭風」大概就是這個意思吧。上尉的惡運並沒有因爲生意的沒落而遠離了他，一場更大的風暴在上尉連續霉運之後接連地也爆發了。

小母鷄懷孕了。起先是大家交頭接耳地傳說，慢慢地隨著小母鷄掩飾不住的肚子愈說愈大起來。大部分的人走過那家麵店門口都會忍不住好奇的眼光向裏面看，看到小母鷄便窃窃私語，然後曖昧地大笑。更令我無法忍受的是，我還發現有幾個以前店裏的熟主顧，看到上尉站在門口竟然連招呼也不打掉頭走過去，還向地下啐口水。我向來厭惡隨地吐痰的人，對於這些吐口水的人，我更加痛恨，不只是爲那表面的不衞生，而是由他們的舉動中，我隱約感受到他們內心中那些不衞生的聯想。

「林的，喂，不會是你搞的吧？」晚上就寢的時候，唐躺在床上揚起脚來踢踢上舖的床板說。

「連凱士都沒打到，你別他媽用屁股講話。」林從上舖探下頭伸手打他的脚。

「嘿，用不著打凱士也可以生孩子呀。」

「唐的，我看你才有問題，那天晚上在籃球場那邊你到底幹了什麼？」林從上舖跳下來搔唐的癢說：「有人親眼看到。」

「誰說？」

「你管誰說，只要照實招來，說，通到沒有？」

「林的，這話可不能亂講！」唐躲過林滾下床來肅然地說：「我只是凱士她，騙你，他媽被雷打死！」

「辯也沒用，孩子生下來看囝仔頭便知道。」林嬉笑地看著唐。

「幹，不信我們打個賭。」唐大笑著伸出小指頭：「我說……，準像上尉。」

「嘿……，我看準像你。」

「你媽。」唐用力拍林的肩膀，順手抓住他的左手用力扭過來，林哀哀叫著。

我冷然地坐在床上看他們胡鬧，心中有股怒火在翻滾著。

「放手，噯唷，放手！」

「說，像上尉，說！」

「偏不說！」

「說！」

「噯唷！」

「說！」

「像上尉，像上尉……噯唷，操你媽，放手！」

唐放了手，林揮動被扭痛的手瞪著唐，卻相對笑起來。

「嘿……，唐的，其實我看八成也一定是他。」林壓低聲音說。

「你才知道？早就傳遍了，沒想到……，幹，悄悄吃三碗公半呀。」

「放你媽狗屁！」我再也忍不住了，跳起來大罵一聲。

罵完，我也被自己嚇了一大跳，看看唐和林嚇傻住了看著我，我重重地躺回床上去。

然而我的憤怒並無濟於事，謠言還是像瘟疫般蔓延著。事實上我從別的地方聽到的對於上尉的侮蔑，遠比唐和林所說得還要嚴厲，這些侮蔑促使我暗自下了決心，一定要找到充分的證據來替上尉洗刷冤枉。但是我努力了幾天終究也沒能找到確切的頭緒，況且這種事也不好直截了當地當面質問上尉，只有一次我幾乎可以得手，卻讓我大意地疏忽了。那天我從宿舍出來，下樓梯的時候意外地迎面看到小母鷄上來，她一看到我似乎嚇了一大跳，或許她沒有想到我也住在這裏吧。她站定一會，頭一低衝了上去。我也停住脚步想了想，隨後跟踪上來，沒想到她竟在樓梯的轉角處站著，看到我折返上樓來，頭一低啪噠啪噠又衝下樓去。我只有愣愣地看著她的背影消失。

後來便再找不到跟踪的機會了。更嚴重的是我聽到同學們說小母鷄的母親已經向法院告上尉誘拐，而正巧這個時候我卻又接到家裏的信，說母親的眼疾又發了，要住院開刀，於是我便向學校請了假趕回南部的家鄉。

在醫院裏照顧母親到她稍微好些，一個星期過去了，我才又匆忙趕回臺北來，剛回到宿舍竟聽到唐和林迫不及待地告訴我，上尉和小母鷄結婚了，法院公證的。當天晚上在麵店裏開了幾桌酒席慶賀，唐和林都去參加了。

「吳的，你不知道那天晚上有多鮮，大家鬧過了酒要把上尉送入洞房，他卻當眾哭起來。」唐興奮地搖著我。

「嘿，知道他哭什麼嗎？」林更迫不及待地說：「說出來笑死你，他說他大陸的大兒子要是健在的話，現在他大孫子說不定都比小母鷄大了。」

「哇哈，那他將來就得叫小母鷄祖母哪。」唐用力拍我的肩膀說。

我厭煩地把行李卸下來，走下樓去。

上尉結婚了，上尉結婚了……，奉小母鷄腹中的孩子結婚，而那孩子……想著，我無端感到憤怒起來，筆直地走向上尉的麵店去。

門緊閉著，兩旁還貼著「鸞鳳和鳴」等祝賀的對聯，斗大的囍字貼在門正中央。我覺得那眞是天大的諷刺，衝上去便用力擂了幾下。

開門的是小母鷄，我瞄瞄她，不經意地看向她挺起的肚子，她似乎也察覺到了我的目光，慌忙把頭一低走了進去。

他們正在吃晚飯，桌上擺著一瓶高粱酒，上尉看到我進來，忙招呼我坐下。

「坐坐……，我去請你喝喜酒，他們說你回去了。」上尉轉向小母鷄：「阿梅，你幫吳先生拿付碗筷來。」

「不用，我吃過了。」我冷冷地說。

「噯，加雙碗筷，我也沒特別準備什麼菜。」他把酒倒滿一杯推到我眼前來興奮地說：「來，喝一杯。」

說著他一抑首自顧自把酒乾了，我冷然地看著他那誇張的笑容。

「你母親的眼睛不要緊吧？」他邊說著邊撿起花生米來丟入口中。

「……。」

小母鷄從廚房走出來，擺了一副碗筷，默默坐下來低頭扒著飯。暈黃的燈光照在她臉上顯得很憔悴，再也沒有昔日那種活潑放浪的神色了。

「眼睛很重要呀，不要怕花錢一定要找個好醫生。」上尉又替自己斟了滿滿一杯酒；聽到上尉提起「眼睛」兩個字，我突然想到它的含意，我不禁在內心中昇起一種諷刺的意念。

「別喝了吧。」小母鷄抬頭看着他，竟然細若蚊蠅地說。

「唷，剛結婚就學會管老公了，哈……」上尉又莫名其妙地大笑著。

「噯？你母親的眼睛得的是什麼毛病呀？」上尉伸出手來熱絡地拍拍我放在桌上的手說：「我有幾種草藥方，治眼睛病很有效的咧，說出來參考參考。」

「你留著自己用吧。」我猛地迸出一句。

「什麼？」上尉愣了一下。

「……。」我還是冷冷地看他。

「來，喝酒。」上尉閃過我的目光：「喂，阿梅，幫忙勸勸客人呀！」

小母鷄夾了一塊鷄肉送到我的碗上，我轉過頭瞪向她，她一慌把鷄肉掉到碗外面去了。

「我只問妳一句話，問完我就走。」我一字一字地咬出來。

小母鷄好似被我的話驚住了，茫然地看著我。

「孩子眞是上尉的嗎？」我霍地站了起來。

我看著她的面孔倏地扭曲了。

「什麼話！孩子當然是我的。」上尉拉拉我的手，要我坐下來。

「我不是問你！」我用力甩開他的手：「你別自己當孬種。」

上尉也猛然變了臉色，鼻翼激動地掀動著。

「孩子眞是上尉的嗎？」

小母鷄突然丟下飯碗，雙手掩面哭泣地跑向臥室去。

「媽拉個巴子——」

上尉罵了一聲也跟著跑了進去。

我站立在那兒聽著上尉在裏面溫言安慰著小母鷄，心裏泛起懊惱的感覺，我難道做錯了嗎？

但是爲上尉抱不平的憤怒馬上又掩蓋了我的疑問。

停了好一會，上尉才從裏面走出來，他面色凝重默默看着我，便自顧自地猛喝起酒來。

我轉身走向外面，走到門口清清楚楚聽到上尉嗆咳的聲音，重重把酒杯頓在桌上。

媽拉個巴子——。

我沒有回頭，愣愣地走回宿舍去，走經隔壁房間的時候，意外地看到那三個五專生正在收拾房間。

「猴仔，媽的，甜頭你嚐足了，拋個雜種給上尉撿，幹，早知道我也來一下。」

「你媽，你怎知道一定是我，黑狗比較够力，搞不好是他中的標。」

「中你媽頭，搞她的又不只是我們，誰知道她那裏弄的野種。」

「喂，黑狗，小母鷄眞像猴仔講的那麼好嗎？」

「幹，你自己不會去試試看，問什麼問。」

「我不敢。」

哇哈哈……，一陣刺耳的笑聲猛然擊在我心上。

我盛怒地衝了過去，三個人驚愕地抬起頭來，我照著其中一個的面狠狠一拳揮過去，倏地像打爛蕃茄的感覺從我拳上傳上來。我到底接連揮出幾拳也不知道了，只覺得拳頭上沾滿了黏黏的什麼，然後看到一個滿臉鮮血的面孔舉起一張椅子往我頭上砸下來。椅子的黑影變得好大好大，一下子閃也閃不開……。

五

我在醫院住了好多天，住院期間唐告訴我上尉搬走了，那三個五專生也搬走了。還有大家謠傳我是和那三個五專生因爲爭風吃醋才打架受傷的。我聽了覺得很好笑便大聲笑起來，卻把傷口又笑裂了，重新縫了幾針。

出院以後回到學校上課，又過了幾天，意外地接到一封掛號郵件，沒有寄信人的住址。拆開一看裏面赫然是一只小玉佛用項鍊串著，來信上附上說明說，這是他有一天在一家古董店買的，是中國的古玉，他原本是想將來帶回大陸給他小兒子的，現在想想也就算了，就送給我吧，希望我會喜歡。

現在這只小玉佛就緊緊地握在我的手中，我看着它聖潔的顏色覺得有點像上尉，雖然外型一點也不像，但總會有一點是像的吧！

公園柔軟的草地上，此時正有一對夫婦扶著學走路的孩子在漫步。孩子不小心絆倒了，夫婦發出銀鈴般的笑聲，臉上漾著幸福的笑容。但是在他們笑聲還未完全收歛，我便隱隱聽到了一聲沙啞而凄厲的歌聲自天外遙遙傳來。

問——人——生——到——此——凄——涼——否？

陽光移過雲影從葉隙中一股腦兒灑下來，太亮了，我一時睜不開眼睛。

牛王

黝黑的田野，像被一張無涯無際的黑布遮蓋住了，我和阿媽小心地在田埂上走着，田埂又窄又滑，我幾次滑落田中，褲脚都浸濕了。

「阿媽。」我焦急地呼喚：「等我一下嘛！」

阿媽停了停，轉身把瓦斯燈往我照照。

「走快點！」阿媽咕噥了一句，轉身急急走去。

我慌忙跟上，緊緊地拉住她的衫尾。

「沒見過你這種小囝仔。」阿媽搖搖晃晃地走着，不高興地唸着。

「找不回來，看你阿爸不剝你猴皮。」

阿媽又提出阿爸來威脅我了，唉呀，人家心裏已經够着急的了。

「又不是我害的，牠自己要跑掉，我又拉不住。」我不服氣地說。

「騙——鬼，你不打牠，牠會跑掉？」

「是呀，不信你去問阿清古，阿清古有看到，我才沒有打牠。」

「還想騙阿媽？我早就問過阿清古了，他說——。」

「我才沒有打牠！」

「那阿清古為什麼告訴阿媽……。」

「阿清古，豬屁眼，他亂講亂講……。」我生氣大叫，突然一失神絆到雜草堆，嘩啦，摔入水田中。

「夭壽！」

阿媽也被拉得向田中顛了幾步才站穩。

瓦斯燈在阿媽手中晃了晃，倏地熄掉了，我坐在水田中，一手黏黏地沾滿泥漿。

「阿媽，阿媽。」我怕得要命，大聲叫着。

「在這裏啦！」阿媽邊應着邊掏出火柴重新點燃瓦斯燈。

燈一亮，周圍也有了溫暖的感覺，有好多蛾子從四面八方飛來，撞得瓦斯燈盒第第塔塔響。

「摔傷沒有？」阿媽伸手把我拉起來。

「仔細點嘛，小猴古，毛毛躁躁的。」

「阿媽，我…沒有打牠，是老牛…自己跑掉的。」我委屈地低泣。

「是了，阿媽知道了。」阿媽摸摸我的頭：「阿媽沒見怪你，只是天這麼黑，不找到牠，老牛找不到路回家啦！」

阿媽扶着我，慢慢走過田埂，走到大圳邊，把瓦斯燈放下，叫我坐在圳堤上。圳上的水很滿，阿媽把身體俯下去用手掬水幫我把手上、臉上的泥漿洗乾淨。

看着阿媽辛苦地俯下身去掬水，白白的髮絲垂下來幾乎沾到了圳水，我突然覺得很難過。

「阿媽。」我輕喚。

「唔？」阿媽很小心掬起水，艱難地坐直身子。

「老牛……。」

「小猴古，莫講啦，把身體洗乾淨，我們再慢慢去找。」

冰涼的水淋到我臉上，阿媽粗糙的手掌拂了拂把泥漿拂掉。然後又俯下身去。

瓦斯燈火搖晃着，倒映在圳水中的月亮和阿媽的臉影也輕輕搖晃着。

都是阿清古害的；我很生氣地想。要不是他吹牛說他家的牛牯是本莊的牛王，我也不會把老牛牽去和他家的牛牯鬪，老牛就不會跑掉，我也不會摔到水田裏，猪屁眼阿清古，可惡！

不過，我們家的老牛也眞沒用，才一絞角，就被人家牛牯推得一直後退，轉身想逃，阿清古的牛牯就往牠屁股一戳，就嚇得跑掉了，眞是丟人，眞是沒用。沒用的老牛，難怪阿爸一直想牠賣掉。有一次在吃晚飯的時候他就勸阿媽。

「唉，我看賣掉算了，拉牠去犁一畦菜圃，拉不到兩三步就拉不動了，還拼命喘氣，打牠又不忍心。唉，沒用了，賣掉算啦。」

「講這沒良心的話。」阿媽很不高興地說。

「不是什麼良心不良心啦。」阿爸爲難地解釋：「賣給別人養還不是一樣？賣掉牠我再到農會貸些款，買輛鐵牛回來，現在耕田誰不用鐵牛？犁得又快又好，牛老了讓牠退休是對牠好啦。」

「騙我是三歲小囝仔！」阿媽生氣地放下飯碗：「你不養，誰又願意買條老牛回去養？人家買回去還不是送去殺掉做成肉乾！」

「養這沒用的老牛也不是辦法呀，發仔明年就要上國中了，放了學還要去放牛，把功課就誤了。」媽媽幫着阿爸。

「發仔沒時間放，我自己會去放。」阿媽臉色沈了下來。

「不，不，阿媽，我喜歡放牛。」我大聲嚷。

實在地，我最喜歡放牛了。放牛的時候，可以倘佯在大自然裏，可以和伙伴們做各種遊戲，才不像書房裏那樣枯燥乏味。

「小囝仔有耳沒嘴。」媽媽生氣地喝斥我，我趕緊低下頭去扒飯。

「鐵牛我不反對，我還有些金器，要可以拿去。」阿媽凄厲地環視大家：「若說要賣老牛，免講！」

說着，阿媽的眼睛竟紅了起來。

「你們後生仔，就都這樣沒血沒目屎嗎？也不想想，當年我和你死去的阿爸，到這裏墾荒的時候，這裏還都是一片砂礫，到處是鵝卵石，莫說種禾種番豆，連樹薯都種不起，不是這頭老牛幫忙，今天你們有這麼風光？有這幾分好田？」

「話不是這樣講啦。」媽媽輕聲說。

「不是這樣講要怎麼講？我腦筋是古老不開化，但是，我還知道喝水要思源頭，田地可以賣，屋舍可以賣，我這老貨仔如果有人要也可以賣，下次再有人說賣老牛，我……我老貨仔就打斷他的脚骨。」

「唉呀，莫生這麼大的氣啦，我只是隨便說說，您說不要賣我們就不敢賣啦。」阿爸忙低聲地安慰阿媽。

自從那一次以後就再沒有人敢提賣老牛的事了。我每天放學回家以後，還是高高興興地牽着牠到野外去吃草；老牛的脾氣很溫馴，每次把牠從牛欄中放出來，牠就高興地搖着尾巴晃晃頭，還哞哞直叫，眞是討人喜歡。不過聽阿媽說牠年輕的時候，脾氣可沒這樣好，很喜歡和別的牛打鬪，因爲牠生得很強壯力氣又大，在我們莊裏所有牛中沒有一條鬪得過牠，因此大家就說牠是我們莊裏的「牛王」，還有別人家有母牛爲了傳下好種，也經常拜託牠去「播種」呢！在老牛的英雄事蹟中，阿媽最喜歡講的就是，有次阿公駕着牛車載滿蕃薯回家的路上，我家的牛看到別家的公牛，竟拖着牛車直衝過去，把牠追得無路可逃，阿公在牛車上嚇得驚慌大叫，跳又不敢跳；最後老牛撞翻一株木頭電線桿，連車帶人衝入麻竹叢中卡在裏面才停住，大家花了大半天工夫才把阿公和牛從竹叢中救出來。

老牛年輕的時候，我還沒生出來，所以我沒有看到牠勇敢的樣子，不過今天傍晚牠的表現，眞是叫人失望透了。

今天放學回來的時候，日頭還離山尖很高，我騎着老牛吹着蕭走過田間的小路往山脚下的埔地行去。凉凉的風一直吹着，這是一個頂頂好的傍晚呀。廣大的空中有幾隻燕子穿梭飛舞，直直爬昇上去，直昇到變成小小的黑點，一個翻身又直直衝下來，衝到離地面很近了才把翅膀一掠，平平地飛去。碎石子路邊正有一羣白鶫子悠閑地吃着草，我很高興地坐在牛背上把手中的蕭吹得嗚嗚響。吹呀吹呀，吹得一大羣虻子緊隨着我在頭上繞呀繞，那羣鶫子也呱啦呱啦拍着翅膀嚇跑掉，那眞是傷害了我的自尊心，於是簫子便不聽話了，把很好的歌吹得很壞很壞，連低頭吃草的老牛也抬起頭來叫着，並且轉過頭舞弄牛角想把我從牛背上撩下來。我很生氣就用簫大力打牠的屁股，老牛驚嚇地奔跑起來，我趕緊把手脚大大張開，密密貼在牛背上。老牛跑哇跑哇，我好幾次差點從牛背上掉下來，跑了一會到了山脚下的埔地上才停住。

我從牛背上跳下來，看到埔地上已經有幾隻牛在吃着草，長長的尾巴晃呀晃呀地揮趕着蚊虻；阿文古、青蛙、狗仔、阿淸古他們六、七人圍在一起不知道爲什麼事正在爭吵。

「狗屁、牛王？狗屁！」青蛙譏笑地看着阿清古。

青蛙是我的部下，還有狗仔也是我的部下，我們常常去偷阿清古他們家的芭樂。阿清古家有很大的芭樂園，他阿爸很有錢，但是也很小氣，莊裏的人都叫他「卵毛猴」，所以阿清古是「小卵毛猴」，我們都不喜歡小卵毛猴。

「當然，我們家的牛牯可以拉三十包大穀包，我們家的牛是牛王！」阿清古驕傲地看着大家大喊。

「騙鬼！卵毛猴的牛是卵毛牛，卵毛牛能拉三十包大穀包？騙鬼！」狗仔向阿清古裝鬼臉。

「卵毛牛就卵毛牛，你家有沒有？」阿清古瞪着狗仔說，狗仔忙縮頭不敢回答。

「卵毛牛送我都不要，還說是牛王，三十包有什麼了不起，我家的牛牯可以拉四十包都不說。」青蛙撇撇嘴角譏笑。

「你媽的咧！四十包？四十包米糠還差不多！」阿清古還以顏色。

「三十包？四十包？不够看啦，發仔家的老牛可以拉五十包，發仔家的牛才是牛王！」狗仔看到我忙討好地叫。

「呸！那隻排骨牛我脚一撩都會飛到半天雲，還說牛王！」阿清古對着地上猛吐口水。

「我們家的牛是牛王，我阿媽說的，牠撞斷過電線桿。」我不願牛王的名號被人家搶去，也加入戰局。

「對，發仔家的牛才是牛王，我們擁護發仔的牛，牛王萬歲！」青蛙像今天早上校長帶領我們喊口號一樣大聲呼喊。

「牛王萬歲！牛王萬歲。」大家都大聲喊。

我好高興拼命跟着喊，喊太大聲了，我家的老牛嚇了一跳掉頭往後跑。

我和狗仔趕快跑過去想追牠回來。

「哈……，沒卵帕的牛還說是牛王，呸。」阿清古又向地上吐口水。

「你家的牛才沒卵帕。」我停住，生氣地說。

「你家的牛沒卵帕，呸！」

「你家的牛才沒卵帕。」

「我說沒卵帕就沒卵帕，呸！」

「你才沒卵帕，你阿爸才沒卵帕。」我大聲喊。

「我阿爸又沒罵你，你怎麼罵人？」阿清古歪着頭走過來。

「罵你就罵你，沒卵帕。」

「不用吵，把牛牽來鬪鬪就知道。」青蛙提議。

「對，鬪鬪看便知道！」狗仔他們大叫拍手。

「牽來就牽來，我才不怕你家那隻排骨牛。」阿清古轉身去牽他那隻大牛牯。

我一看到他家的大牛牯就沒有信心了，兩隻角烏溜溜地又大又尖，壯碩的身體像大坦克一般。

「發仔，把牛牽來呀。」大家催促着，每個人都洋溢著興奮的表情。

「好。」我馬上跑過去牽老牛，阿媽說牠拉着一牛車蕃薯撞倒過電線桿，牠也一定有辦法對付阿清古的大牛牯。

「嗷！嗷！」我用力地拉老牛，阿清古的牛牯已經在等着了，正仰起頭用兇惡的眼神瞪着我家的老牛。

「嗷。」老牛不敢上前，一直想轉身跑掉，我很生氣就用牛索大力打牠。

哞——，阿清古的牛牯突然大叫一聲，向着老牛衝過來。

劈哩啪啦，兩隻牛兇猛地絞起角來，老牛連連後退，顛了幾下差點倒下，我趕緊把牛索放掉讓牠們去拚。

「牛王加油，牛王加油。」青蛙他們跳着腳大聲呼喊。

但是老牛身體太差了，絞了一回角，轉身就想逃，阿清古的牛牯便用力往牠屁股上亂劈，老牛嘩啦跑開了。阿清古的牛牯從後面追去。

哞——，牛牯邊追邊用角劈老牛的屁股，老牛發出長長的慘叫。

牛牯追了一會便停住了，但是老牛還拼命往前逃，遠遠跑進山坳中去了。

「阿清古，你短命了，老牛不見了，發仔的阿爸會剝你的猴皮。」青蛙指着阿清古警告。

「是他自己牽來鬪的，又不是我害的。」阿清古大叫，走過去牽了他的牛牯趕忙溜走。

「我們快去幫發仔找牛。」狗仔說。

於是我們就趕緊去找牛，找哇找哇，太陽下山了都沒有找到，天黑了，狗仔他們各自牽牛回去，我很害怕大哭起來，哭了很久才回去告訴阿爸和阿媽。

「不知道你阿爸找到沒？」阿媽坐在圳堤上，用手掠掠白白的髮絲。

「走啦！」阿媽拍拍我的背站起來，提着瓦斯燈繼續往黑夜中走去。

瓦斯燈的火光被風吹得一直搖晃，我走在阿媽的背後，看到阿媽背上有影子不停地搖晃着，散發着令我害怕的氣氛，看着阿媽佝僂的身影在黑黑的夜中走去，很怕阿媽會走錯路摔到圳中去，但是阿媽身體擋在我前面，我看不到前方的路，也不知道老牛在那裏，只好跟着阿媽的脚步走。

哞——，阿媽捏着鼻子學牛叫的聲音向四周呼喚。

哞——，四周靜悄悄，阿媽的呼喚在黑夜中傳向遠方。

「阿媽。」我輕輕呼喚。

「什麼事？」阿媽放下捏鼻子的手。

「傍晚，我看到老牛跑進山坳不見的啦。」

「那一個山坳？」

「猪哥伯家屋邊那個山坳啦。」

「小猴子，怎麼不早和阿媽說。」阿媽輕聲罵了一句。

於是我們沿着圳堤走向前繞過水關；水關的水嘩啦啦高高冲下往下方的圳道上流去。站在水關上，看着月光下白亮亮的水花很使人害怕。

阿媽扶着我走過水關，穿過糖廠的甘蔗園，終於走到山坳附近。山坳附近的小路上果眞有淸晰的牛蹄印子，我們興奮地用燈照着蹄印往前尋去，蹄印經過小山溪便不見了。

「阿媽，你看。」我指着溪邊石頭上的一處血跡。

「嗄！」阿媽露出焦急的臉色：「噯！罪過喔罪過喔，這麼老了還被你們這樣糟塌。」

我羞愧地低下頭。

「到猪哥伯家問看看，說不定他們有看到。」

兩個人捲起褲管走過小溪，溪水很涼，瓦斯燈照過的地方，我看到有幾條小魚逆着水努力地泅泳。

猪哥伯的屋舍在溪對岸的竹園邊，屋前有一大塊禾埕，我和阿媽走到的時候，猪哥伯正坐在藤椅上抽煙桿。

「猪哥兄好呀！」阿媽放下瓦斯燈。

「哦，庚祥嫂呀？坐啦坐啦，罕見囉還是這麼硬朗。」猪哥伯站起來向着屋裏喊：「菊妹仔，搬張竹椅出來給庚祥嫂坐啦。」

「免啦，免啦。」阿媽推推我：「這是阮孫阿發，小囝仔放牛把牛丢啦，我是想借問猪哥兄，不知你有看到沒？」

「哦，老牛丢了？」猪哥伯瞇着眼微笑地摸摸我的頭：「我一早就到鎮裏去剛剛回來，不過，菊妹仔在溪邊鋤樹薯，我問問菊妹仔看到沒。」

「有啦。」猪哥伯的媳婦搬着竹椅從房裏走出來。

「傍晚我看到一隻牛從溪邊走上去了，不知道是不是你們家的牛？」

「我的老牛有一隻牛角尖斷過。」阿媽急忙說。

「我是沒注意看。」她想了一下說：「我看鼻子上還綁着牛索。」

「阿媽，它就是我們的老牛。」我興奮地叫。

「菊妹仔，你地形熟，你就帶庚祥嫂去找找看。」猪哥伯對媳婦說。

於是，猪哥伯的媳婦就拿着手電筒帶我們往溪邊去找。

夜裏的溪邊眞可怕，岸上的竹子被風一吹便咿呀咿呀響着，巨大的竹影映在溪上像恐怖的水鬼在張牙舞爪。

哞——阿媽揑着鼻子叫着。

咿呀咿呀！竹子的磨擦聲不停地響着。

「怎麼會把牛丟掉呀？」猪哥伯的媳婦問。

「噯！小囝仔嫌吃太飽啦，沒緣沒故去打它糟塌牠。」阿媽又咕噥起來：「沒見過這樣的小囝仔。」

「我才沒有打它。」我大聲喊，但是阿媽不理我，繼續揑着鼻子向黑夜中叫。

哞——，叫一會便停下來聽聽。

咿呀咿呀……。

我們一直往溪上游走去，走過一個小溪潭，在潭邊又看到一處血跡，還有幾個牛蹄印。

哞——，阿媽更大聲地呼喚。

突然，「阿媽你聽！」我興奮地喊。

隱隱約約從前方山谷中傳來老牛呻吟的聲音。

我們急忙循着聲音找過去，終於看到牠了，牠正靜靜地躺在山窪底，看到我們走近來，便仰着頭不停哀叫。

山窪很深，下面到處是石頭，老牛一定是不小心滑落下去的。

「阿媽，我下去看看。」阿媽舉起瓦斯燈照着，我慢慢滑下去。

老牛的鼻子流着紅紅的血，我用手大力拉牛索，老牛動也不動，用大大黑黑的眼睛眨吧眨吧看我，我又大力拉牠，牠才動動身體想站起來，但是腳歪一下又倒了下去。我看到它的後腳不停地流着紅紅的血。

「阿媽，老牛的腳在流紅紅的血站不起來。」我向上面喊。

阿媽蹲下身體也想滑下來，猪哥伯的媳婦忙拉住她。

「庚祥嬸，你不要下去啦，下去也莫辦法，我回家去叫我阿爸來助手。」

「好啦，我和阮孫在這等，拜託你騎車去和連昌講，叫他們也來助手。」

「麻煩妳啦，」阿媽高聲喊：「叫他們快一點呀！」

猪哥伯的媳婦離去後，阿媽便滑下山窪來，輕輕地摸着老牛的頭，老牛看到阿媽更大聲地哀叫，像弟弟看到媽媽時哭着要吃奶一樣。

「莫哭，莫哭，馬上送你回家呀。」阿媽不停地安慰牠。

我們坐在老牛的身邊等了很久，才聽到有很多人的聲音靠近來，我爬上去看了看，便看到猪哥伯、叔公和阿爸他們一大羣人提着燈，拿着竹竿向這裏走來。

「怎麼會跑到這裏來呢？」叔公大聲問阿爸。

「是我那小鬼仔啦，叫他放牛，他心裏不高興就拿棍子打它，眞亂來，回家一定要剝他的猴皮。」阿爸很生氣地說。我一聽嚇得趕緊溜下窪地裏去。

阿爸他們站在窪地上面商議了一會然後就跳下幾個人來，他們把很多竹竿在牛肚皮底下交叉起來，再用牛索把牛綑在竹竿上，綁好了大家才一起用力把牛扛上去。

唷呵，唷呵，大家都大聲地呼喊着，老牛嚇呆了，只是楞楞地眨眼睛。扛上以後，老牛還是站不起來，阿爸他們把它像扛神轎一樣扛出去。阿媽提着瓦斯燈走在最前面，扛牛的緊跟着，我在旁邊拉着牛尾巴怕它掃到阿爸的眼睛。大家一步一步向山坳外走出去，邊走邊大聲呼喊不停。

唷呵，唷呵，聲音在黑夜的山谷中廻盪，嚇得正在睡覺的鳥啪啪飛走。

「我吃這麼老，扛過新娘轎，扛過神轎，也扛過很多死人，扛牛，這是第一次，嘿，新鮮！」猪哥伯笑着說。

「噯，地球倒轉過來啦，以前是牛拉人，今天沒想到我來扛牠老太爺。」叔公也附和着。

「庚祥叔婆，牛跛了不會耕田了，賣給我宰了算啦，我看可以殺一大桶肉，大家痛痛快快吃一頓呀。」殺猪的滿金叔向阿媽說。

「夭壽！那可這樣亂講？下十八層地獄喔。」阿媽瞪着他輕罵。

哇，哈……，大家大聲笑起來。我一點也不想笑，看着老牛的血一滴一滴掉在地上，我趕快躲到一邊，我好害怕老牛的血掉到我身上來。唷呵，唷呵，長長的隊伍在山坳中行走着。

老牛被扛出來後，便放在叔公運穀子的三輪貨車上載回家。

回到家裏，把老牛扛回牛欄中，阿爸叫我趕快去睡覺，我不肯走，阿爸很生氣拿起竹條打過來。

「你肉癢了？嗄？今天的賬正想和你算算！」

我趕快跑開，那麼大的竹條被打到一定會像小狗一樣亂叫。

夜很深了，窗外田裏的青蛙呱啦呱啦叫，阿爸和媽媽都睡着了，只有我睡不着在床上滾來滾去，把眼睛閉起來就看到老牛向我眨吧眨吧眨眼睛，大大的耳朵不停地搖呀搖，還哞哞在哭；我覺得很難過，便偷偷爬下床往牛欄跑去。

跑進牛欄裏，我嚇了一大跳，原來阿媽也還沒有睡，點着瓦斯燈，正在用布沾水替老牛擦身上的血，老牛閉着眼睛唔唔不停地叫着。

「阿媽。」我輕聲叫她。

「小猴古，這麼晚了還不去睡覺呀？」阿媽轉過頭向我笑了笑。

「阿媽……。」

「什麼事啊？」阿媽放下手中的布，伸手拉我蹲下。

「阿媽，老牛是我害的，我拉牠去打架，牠才被阿清古的牛牯打傷的。」我很難過，小聲向阿媽說。

「阿媽全都知道啦，阿清的阿爸已經告訴過我了。」

原來阿媽早知道了，一定是阿清古告訴他阿爸，然後才告訴阿媽的，阿媽爲什麼沒有打我罵我呢？

老牛突然睜開眼睛看看我，還把鼻子靠到我身上來，伸出舌頭舐舐我的手，又舐舐我的脖子，熱熱的氣噴到我的臉上，我忍不住哭起來。

「憨古，哭什麼呀？牛找回來就好了。」阿媽摸摸我的頭。

「可是……老牛的脚跌斷了，以後不會走路了。」

「不會啦，只是扭到脚脛，王獸醫說吃藥就會好啦。」阿媽掀起衫尾替我擦眼淚。

我聽到老牛會好，馬上很高興問阿媽：

「那以後牠還能不能打架？能不能把阿清古的牛牯打敗，再把牛王搶回來？」

「猴古佬。」阿媽竟笑了起來：「你以爲能打架就是牛王呀？」

我不知道阿媽是什麼意思，只是靜靜看阿媽。

「我們家的老牛還是牛王呀？牠永久也是牛王呀，在我們莊內有誰家的牛比我們的老牛耕過更多的田呢？有誰家的牛比我們的老牛傳過更多的好子孫呢？」阿媽講講卻停了下來，我看到阿媽竟傻傻地看着牛欄外的天空。

「發仔呀，老牛對我們的家眞是有功勞呀，這麼多年來，牠幫我們開墾了這麼多好田。我們有飯吃，就要感恩牠，莫要像你阿爸。今天牠老了，沒用啦，就反過來要出賣牠，做人做到這樣就沒價值啦！」

我專心地聽著，老牛也抬起頭來哞哞地哀叫，聲音聽起來好可怕；阿媽還是看著遠遠的天空，我也跟著阿媽看過去，好遠好遠的天空上，有一顆星星好亮好亮，像是那塊大大的黑布上破了一個洞露出光來一樣。

「阿媽是沒讀什麼書啦，不過阿媽知道，做人哪……嗳，阿媽也不知道怎麼講起啦，總是呀，不管人家怎樣講，世界怎麼變，就是變到天落紅雨馬生角，只要我老貨仔有口氣在，想要叫我賣老牛……。」

阿媽突然一直咳嗽，還大聲喘氣，白白的頭髮垂到臉上來，好像很生氣很生氣地大叫一聲。

「休——想——呀。」

看到阿媽眼角流下淚來，我很害怕，趕快緊緊抓著阿媽的袖子。

「呱，呱，呱……。」

田裏的青蛙卻到處大聲地叫著，好像在說：

哈——哈——哈。

躍

吳子奇澆完了陽臺上的盆景，便呆立在那兒眺望遠方的景色。

這是一幢十層樓的建築，在他左手邊也有一幢同樣高的樓房。從這陽臺上面往前望過去，可以看到十幾里外的景觀，一堆堆方方正正的灰色建築物，一條條像不暢通的陰溝般擠滿了汽車的街道，雜亂地揷設在樓頂的電視天線。再望得遠一些便可以看到郊區上空那一株株不斷吐著毒霧的煙囱。

吳子奇感到悚然心驚，爲什麼白天裏在這大都市跑來跑去，卻從來沒有意識到自己是生活在這麼一個汚穢而封閉的牢籠裏面？人就是這麼一種喜歡製造牢籠的動物吧，不只是製造一些牢籠給別的動物住，同時也不知不覺地製造更大更牢固的牢籠給自己住。

就譬如下午的事，半輩子以來都一直過著規規矩矩的生活，爲什麼偏偏會想要去幹那件荒唐的事呢？現在可是把自己關到痛苦而絕望的牢籠中了。雖然已經罰過了款，但是明天是否會見諸報端還不知道。臨走的時候那個警察不是命令自己留下了姓名、地址和職業嗎？像這種事，以前報紙上通常是把當事人中間那個名字用×號代替，譬如吳子奇它就會登成吳×奇；但是這也不一定，前幾天他就看到報紙上把馬殺雞被抓的顧客連姓名、地址一起刋登出來的。

太太知道了這件事，一定會在家裏掀起滔天的風浪，那個婆娘平常就够恐怖的了，這麼一來，恐怕不只是跪地板、頂水盆就能了事的了。還有呢？……兩個女兒都已經唸高中了，她們一定會爲父親的行爲感到難堪和訝異吧，她們一定想像不到平常如此老實懦弱的父親竟然也會幹出這麼荒唐的事來，更糟糕的是公司裏那些缺德鬼又不知道要把它當笑話來說多久了。

想到種種即將面臨的尷尬場面，吳子奇心中就騰起一陣怒意，今天就是太好強了才會落得這麼一個結果。

「喂，老王，今天是快樂週末呀，帶你去爽一爽敢不敢？」課裏的花花大少王聖生，中午下班的時候調侃地向他說。

「噯，算啦。他？我看恐怕不行了吧？」人事室的馬路雲也不懷好意地笑着說。

這準又是他們搭擋好了故意要在大家面前出他洋相，吳子奇假裝沒聽見他們的話，埋頭收拾桌面上的公文，平常這兩個小伙子就因爲他脾氣好，常常這樣沒大沒小的什麼玩笑也敢開。

「老王，眞的不行啦？」王聖生湊到他桌前，故意高揚聲音嘻笑地說。

「我打賭，兩分鐘不到他一定淸潔溜溜。」馬路雲大嚷著說。

「幹，別小看人家，人家是老當益壯，過五關斬六將還足足有餘，對不對？」

「嘿……，他要行的話額頭上還會青一塊紫一塊，昨天晚上準定又是被太太從床上蹬了下來！」馬路雲說完，整個辦公室便竄起一陣爆笑。

幾個收拾好東西準備回家的女同事正走到大門邊，也忍不住回過來看著他掩嘴吃吃笑個不停。

這笑聲著著實實地傷害了他的自尊，他怕老婆的事早就是全公司聞名的了。平常同事之間開玩笑，他聽多了倒也不在乎，但是像現在這樣當著那麼多女同事的面大聲嚷嚷，他還是會感到難堪、懊惱而怒不可遏的。只是生氣歸生氣，他可也不敢發作出來，他就是這麼一個好脾氣的先生，從小到現在他一向就是這種懦弱的個性。但也就因爲這樣他才一直備受贊揚，小時候大家稱讚他是好孩子，好學生，後來是好職員、好丈夫，現在是好爸爸，似乎一切的「好」字都是拜他這種個性的恩賜，所以他也格外的珍惜他這不輕易動怒的好個性。

「幹，眞是沒卵用，連玩女人你也不敢！」王聖生撇撇嘴角輕視地說。

「好啦，人家是見光死，你硬要人家去曝日，幹，不要害他又被老婆罰洗脚啦！」

「你們不要亂亂講！」吳子奇終於忍不住輕聲地哀求。

「什麼亂亂講，全公司的人誰不知道你經常被罰幫太太洗脚！」

「誰看過了！」吳子奇的聲音猛地高了起來。

「曖！不要說什麼看到不看到啦，你要眞不怕她，幹，有膽就跟我們走。」王聖生眼看他就要落入自己的陷阱了，不禁興奮起來。

「走就走，騙肖——，揪我沒少年過？」吳子奇話剛出口就感到後悔了。

說起來也令人覺得好笑，吳子奇竟然就在他們如此簡單的激將法之下，糊裏糊塗地跟著他們去荒唐了一次。

更巧的是，只這麼一次就碰上警察的臨檢，吳子奇嚇得連褲子都來不及穿好，便和馬殺雞女郎匆匆忙忙地逃到四樓陽臺上去。警察急急地從後面追趕離來，他眼睜睜看著王聖生、馬路雲他們一個個躍過樓房與樓房的間隙，跳到另一幢大樓的陽臺上脫逃離去。單單他和那衣衫不整的馬殺雞女郎害怕不敢跳，慌張地困在那裏打轉。終於被隨後趕至的警察逮個正著。

「當時我一定跳得過去的。」吳子奇緩緩地走到陽臺邊緣喃喃自語地說。

「我鼓起勇氣來跳過去就好了，他們一定抓不到我，現在也就不會陷入這困境中了。」吳子奇愈想愈覺得懊惱，眼光不期然地落到左邊對面樓房的陽臺上。

現在他站的這個陽臺和隔壁那個陽臺也有著大約二公尺的間隔。只是陽臺的邊緣有一道矮矮的圍牆；但這也造不成障礙的，他想。

「我一定躍得過去。」看著，吳子奇突然感到興奮起來。

這麼短的距離，隨便一躍便可以過去的，爲什麼自己就這麼懦弱不敢試試看呢？爲什麼當時自己就偏偏鼓不起這個勇氣呢？

「懦夫！」吳子奇被自己心中猛然昇起的這個聲音嚇了一跳。

懦夫、懦夫、懦夫——，像被鞭子猛地一抽般，源源不絕的痛苦持續地襲上心頭。

吳子奇生平第一次感受到了叛逆的欲望，他臉色鐵青起來，嘴角不斷地抖動著，他一再地打量著兩幢樓間的距離。

「我一定要跳過去！」炙烈的欲望熊熊地在內心中燃燒起來。

他清晰地感到汗水不斷地自額門，自胸際淌了下來。

「不怕，不怕……。」吳子奇喃喃不止地鼓舞自己，「我一定得躍過去。」

躍、躍、躍……，一種像魔蟲一般的聲音在心中蠢動起來，愈來愈大聲，愈來愈快速，躍躍躍……。吳子奇漸漸地感到有點控制不了自己了。

「一定躍得過去，只不過二公尺而已，一躍就沒事了。」吳子奇緊閉起雙眼，強自鎮定地鼓舞自己。

躍躍躍……吳子奇鼻翼激烈地掀動著，臉孔不停地抽搐，整個身體不斷地抖動著，躍躍躍躍……。

猛地，他再也按捺不住在陽臺上快跑起來，繞著陽臺周圍跑了兩圈，愈跑愈快，然後，突然像瘋了一般往外衝去，向著對面那幢樓房的陽臺一躍。

啊————。

放鷹

一

六點正，鬧鐘準時吼叫起來，我厭煩地伸手把它按死，知道美夢沒有辦法再繼續了。狠狠踢掉被子坐起來，發現妻不在床上。

「起來了？」妻的聲音從廚房裏傳來。

「嗯！」我慵懶地回答她。

「楊劇務剛打過電話來，說今天出觀音山外景，七點鐘公司準時開車！」一陣煎蛋的聲音。

「還交待些什麼？」

「哦，叫你順路去接阿吉。」翻碟弄碗的聲音。

「媽咪，媽咪！」老大喃喃說著夢話。

他早就把被子踢光，睡衣掀開著，肚臍毫無遮掩地露了出來。這孩子，這幾天還一直在感冒呢！正待替他拉上被子，才發現被子被老二尿濕了，一隻脚橫著擱在老大的脖子上。

「翠娥！翠娥！」我坐在床頭喊。

「不要賴在床上，快點起來吧。」妻片刻才回答。

「妳來一下嘛。」

「唉啊！幹什麼啊？」

「老二尿濕了，給他換條乾的褲子。」

「眞煩人。」妻在厨房裏咕噥著，鍋鏟弄得乒乓響。

「翠娥！」我有些惱怒吼了起來。

「來啦！來啦！」妻邊把手在圍裙上擦著走了進來，「他那一天不尿床，也値得大驚小怪？」

我坐著看她幫老二換褲子，理棉被，眼光不意落在她微凸的肚子上，有三個月了吧，我暗忖著。妻猛然仰起頭發現我盯著她的肚子，忙又低下頭去。看到她微紅的耳根和雪白的後頸，心裏一陣悸動，禁不住伸手去撫摸她的頭髮，她輕笑著把頭躱開。我用力把她擁入懷中。

「幹什麼嘛？」她嬌嗔地推推我。

她把頭緊緊依偎在我的胸上，我感覺到她頰上的汗沾在我胸肉上有些冰凉。

「昨晚幾點鐘回來？」她問。

「兩點。」

「爲什麼不叫醒我？」

「看妳正睡得香甜。」

她仰起頭用那晶亮的眼睛緊盯著我，我低下頭吻她，她別開臉。

「不要！孩子們快醒了。」妻說。

緘默了好一會兒，兩人定定地互看著。

「昨天和你提的那件事，你仔細想過沒有？」妻掠了掠髮絲說。

我覺得妻的話帶給我洶湧的情緒。

「我看要拿掉還是早一點好。」妻說。

「……。」

「我知道有一家產科醫院，聽說技術很高明。」

「……。」

「不會有危險的，只要你答應，我馬上找個時間去。」

我看著窗外；剛昇起來的朝陽從屋角上露出半張臉，院子裏桂花樹葉上掛著晶瑩的水珠，幾隻麻雀在樹枝上跳來跳去，美好的一天正要開始呢！

「眞的，我並不害怕。」

「幾點了？」我轉過臉問她。

「你……我說什麼你都沒聽啊！」

「有！」

「那你……。」

「幾點鐘了？要趕不上車了。」

「早餐做好了，快點去吃吧！」

「不餓。」胡亂把衣服穿好，妻伸手幫我理才發現扣錯了鈕扣。

「多少吃一點嘛！」

「眞的不餓！」

妻幽怨地看著我，我忙又擁住她，直到她掙扎著幾乎喘不過氣來，才故作頑皮地笑起來。匆忙吃了個蛋，抓起提包衝出門口，妻追上來把包在塑膠袋裏的蛋塞給我。

「也帶幾個給阿吉吃！」說完轉身走回屋裏。

「等會把老大帶到胡大夫那兒打針，我看他還沒有好！」不知道妻有沒有聽到，她沒有回頭。

阿吉住在復興南路底的違章建築木屋裏，到達時，他早已起床了，正在餵食那兩隻幼鷹。牠們互相拉扯著一塊肉，怒目相視，全身的羽毛豎立起來，顯得異常的英武兇狠。

「我說準養得活你不信，現在毛都換齊了！」阿吉邊把肉屑遞入籠中，邊眉飛色舞地嚷著，「喂！那天我們找個時間把牠們放出來試飛看看。」

「好啊！」我不假思索馬上附和著說。

二

和往常一樣，沒有輪到我的戲的時候，便躲到陰涼的地方抽根煙，躺著舒展舒展四肢，看看藍色的天空及奔馳的雲。

今天的氣溫特別高，卽使是躺在樹蔭下，仍渾身直冒熱汗；谷地裏一絲風也沒有。王導演坐在導演椅上，不時地拿起毛巾來拭汗，偶而還把襯衫拉起，往胸口縫裏吹吹氣。才四十開外年紀，頭已經半禿了，光滑的前額在陽光下閃耀著油光，肥胖而凸出的肚子，坐在椅子上就像是在身上打了個結似的，腰部的肥肉隨時都會向兩旁迸裂出去般。聽說他是美國某著名大學的電影碩士，剛回國幾年曾拍過幾部評價頗高的電影，但是終因爲賣座不佳而被冷落下來，喪氣之餘本想就此退出電影圈，但是最近國片界盛行一些莫名其妙的噱頭，不講究什麼藝術不藝術，只要古靈精怪胡湊一通，愈荒謬愈賣座，王導演也趕潮流試著拍了一部「十二隻貓」。不意在全省大大的賣座以後，便不再堅持著以往的原則了。緊接著開拍這部「十二隻狗大戰十二隻貓」，聯合了電影圈所有的阿狗、阿貓，準備大撈一筆。

唉！天氣眞熱，連知了都懶得叫，躲在濃蔭下午寐了。

「正式拍！反光板打好，」王導演一手拿著喊話筒吼著，一手拿著毛巾不斷擦著從脖子上流到胸口的汗水，「場務！場務！躲在樹蔭下等死啊，快，把現場看好，那邊那個歐巴桑請她走開！」

「預備！預備！預備，開麥拉！」

王導演連喊開麥拉的動作都充滿了噱頭，高喝一聲從椅子上跳起，像揮舞著武士刀的劍客般，雙脚落地的瞬間，把右手掌狠狠地揮下，然後雙眼暴張一眨也不眨地瞪著演員的動作。

「卡，卡，卡，打什麼東西！重來，武術指導把招再套一套，NG十次了，底片不要錢啊？」王導演生起氣來，說話更口沫横飛。

「丢！阿吉，叫你被他扭倒以後，馬上想爬起來，然後小王一屁股把你坐倒！」武術指導氣勢洶洶地指著阿吉的鼻子駡：「他放個屁，你就馬上要昏倒，你爲什麼不昏倒？」

「這怎麼能怪我，等了半天他也不放屁，我怎麼昏倒？」

哇，哈……阿吉說完，周圍爆起一陣大笑。

「誰說我沒放，你沒聽到我用嘴巴放得不不響？難道還眞放屁不成，那來那麼多屁想放就有！」小王嬉笑著辯解。

說完又是一陣爆笑。

「丢！好了，好了，重來一次，說什麼也不能NG了！」

武術指導板起臉孔重新又把戲說了一遍。

戲緩慢地在烈日下進行，一直沒輪到我上場的機會，我躺在樹蔭下，不知不覺地竟睡著了。迷迷糊糊也不知過了多久，突然被一陣爭吵的聲音驚醒。

「媽的，你要不道歉，看我敢不敢揍你，」阿吉滿臉通紅地緊揪著王導演的衣領。

「放手！」王導演怒喝一聲。

「你不向兄弟們鞠個躬說聲抱歉，老子絕不放手！」

「阿吉，你幹什麼，給你說是意外，怎麼不通情理！」楊劇務拉著他的手臂說。

「呸，不是人，不要說人話！」阿吉憤憤地撥開楊劇務的手。

「幹，你不要敬酒不吃吃罰酒！」楊劇務腦羞成怒地警告阿吉。

「儘管來好了，操你媽，這輩沒血沒目屎的龜孫！」

「放不放手？」楊劇務倏地揪住阿吉，大家噤若寒蟬。

「不放！老子就看你敢不敢動老子。」阿吉狂吼。

「給你說是意外嘛！要說多少遍，誰也沒有想到會這樣！」楊劇務看看阿吉如此強硬，馬上軟弱下來。

「我早說不能跳，爲什麼硬強要他跳，要跳爲什麼不給他墊個海棉墊子？」

「唉，唉，戲裏頭需要這樣子。我是想直接帶全整個畫面比較生動。」王導演被揪得直喘氣，近乎哀求地說。

「生動？生動就要人從樹頂上跳下來？幹！你這是人話？嗯？要生動你自己爲什麼不去跳！」

「唉，唉，你說到那兒去啦！」

他們如此爭吵了一會，我才注意到金龍橫躺在樹底下，一大羣人正忙著替他拭汗，綁繃帶，我忙跑過去。

「怎麼回事？」

小王擡起頭看了看我，一聲不響地又低下頭去綁繃帶。

「摔斷了！」有人小聲地說。

唞！我猛地吃了一驚，急忙蹲下去探視。金龍似乎極其痛苦，頸上青筋暴露，牙齒咬得格格作響。

一陣淒厲的信號聲，急急地駛來。

「救護車來了，快，快。」場務領班帶著幾個場務工，把金龍擡上了車。

阿吉幾個箭步撥開眾人上了救護車，從車窗裏探出頭說：「老大，晚上在家等我，我有話對你說。」

「算了。阿吉，也不是故意的。」我順口一句。

阿吉直瞪著我，臉上肌肉不斷地抽搐，顯然很爲我的話震驚。

「唉。是意外嘛。誰又希望他摔傷？」王導演跑過來焦急地向我解釋：「我也是爲電影藝術才要求他跳，你知道我們的電影最大的毛病就是不逼眞，不逼眞你懂嗎？」

「藝術個屁！」救護車往山下駛去，阿吉猶不斷地從窗口伸出頭來咒罵。

回頭我看到大家楞楞地站在原地。

「開工！」楊劇務大聲吼了一句：「死不了的，看什麼？開工！」

倏地一股怒氣湧上心頭，向兄弟們一招手，我們幾個武行就匆匆下山去了，遠遠地回頭看到王導演佝僂的身影呆立著，像是硬要撐起那一片卽將暗下來的天空似的。

我一直在家等阿吉到深夜；他卻沒有來，打了電話到醫院，電話是小王接的，他說阿吉九點多的時候就離開了，我心裏擔憂著，怕他把事情鬧大。

「發生什麼事？」妻舖床的時候擡起頭來問我。

「沒有。」

妻狐疑地上下打量著我，許久才悻悻地說：

「你告訴孩子要送他們會飛的玩具？」

「不是玩具。」

「什麼東西？」

「老鷹。」我把煙狠狠按熄在煙灰缸上。

「你說活的老鷹？」妻驚愕地停下手上的動作。

「嗯。」我停了一會才答道。

「你哄他們？」

「……。」

「孩子是不能騙的。」

「……。」

「他們高興得什麼似的，連睡覺都在笑。」

「……。」

「要知道你騙他們，不知道會……。」

「誰說我騙他們？」我憤然把手中的報紙丟下，披起襯衫走出去。

「這麼晚了，你去那裏？」妻趕了出來。

「隨便走走。」

到阿吉的家，一跨進門，便聞到一股酒臭；房間裏紊亂不堪，東一處西一處的酒跡，地板上到處散落著花生殼，空酒瓶，坐在沙發上等了一會沒見人出來。正納悶著，忽然聽到浴室有人嘔吐的聲音，打開浴室門，看到阿吉趴伏在缸沿上，浴缸裏吐了一大堆的穢物。我打開水龍頭把浴缸沖洗乾淨，然後從背後把他拖到客廳中，放倒在沙發上。正想用毛巾把他的嘴擦乾淨，又是一陣嘔吐，把兩個人噴髒了。

「藝……術個屁！」他睜開通紅的眼睛看我。

「我說藝……藝術個屁！」

「什麼？」

我輕拍他的背，他乾嘔了幾聲。

「一隻腿……報廢……加……加上腦震盪，幹……什麼，呃，什麼藝術，殺……殺人的藝術。」

「話不能這樣講。」我把他扶起靠在我身上。

「不然要……要怎麼講？莫……莫名其妙……跳……跳糞坑，古裝片裏……加……加個，呃，大白鯊的暗器，幹！什麼藝術……幹！」阿吉一直歇斯底里地喃喃著。

「你醉了，躺著睡一會兒吧。」我把手放在阿吉肩上輕拍幾下，才發現阿吉正在哭泣。

「我幹不來！」阿吉抽泣著說。

「什麼事幹不來？」

「欺騙自己的工作我幹不來。」

「你這麼說兄弟們聽到都會難過。」我安慰著說。

「我……我不像你，你勇敢，我……我怕，你不在乎，你……你喜歡那種賣命的玩意。」阿吉嘮叨著。

我突然無端地憤怒起來。

「王八蛋才喜歡，王八蛋才不在乎！」吼完，兩個人都愕住了，緘默了一會。

「別鬧了，去睡吧，明天我們去放鷹。哪，你不是一直想看看牠們飛嗎？」我像哄小孩一般，把他扶到床上。

「好好睡，明天放鷹的事別忘了，我來找你。」我替他拉上被子。走出來的時候，天飄起些許的雨絲，我覺得好冷，把衣領翻上來，還是覺得冷。

三

第二天清早我去邀阿吉，阿吉正在替那兩隻鷹刷毛，看見我來抬起頭笑了笑，我發現他的臉色仍然非常蒼白。

兩個人搭公共汽車到市郊外，然後步行一段路找到一座百來公尺高的小山丘。我們沿著山溪邊的小路走上去，太陽還沒有昇高，穿過蘆竹草叢的時候，附近山巒中的小島清脆地叫著，偶而看見幾隻溪蝦在水畔舒展肢體。我們走了一會出了一身汗水。

抵達山頂才發現那是一片空曠的平臺地，有兩株高大的松樹。我和阿吉走過去把鳥籠掛在樹枝上，然後從背包裏抽出預備好的細尼龍繩，綁在兩隻鷹的脚上。

「那件事你怎麼想？」阿吉把鷹從籠中驅趕出來，邊仰起頭來問我。

「什麼事？」我漫不經心地答。

「金龍那件事！」

我故作專心地蹲下來逗弄那兩隻鷹。

「你怎麼想？」他毫不放鬆地緊逼。

「噓，噓……」我繼續嬉弄著正在發怒的鷹。

我輕輕地抱起牠，擁在懷中撫摸著，轉過臉正巧逢上阿吉緊盯著我的眼神。

「唷喲！」我把懷中的鷹奮力往外一擲：「幹武行的有時候免不了要出點意外。」

抛出去的鷹用力鼓動着翅膀，竟然也歪歪斜斜地飛起來了。由於束縛它們的繩子只有四十多公尺長，所以飛了一會便到了盡頭，剛學會飛翔的鷹不懂得落地的技巧，倏地便垂直地栽落下來。

「你是說幹了武行，就得隨時準備摔死摔傷？」阿吉茫茫然地看着鷹掉落的地方問。

「不完全是這個意思。」

「那你是什麼意思？」

「有時候爲了生存，我們沒有太多的時間考慮這些。」我沒有把握瞭解自己講出的這句話。

「什麼話！」

「你不跳，我不跳，只要老板出得起錢總有人會跳。」我漸漸惱怒起來。

「只要出得起錢便可以不顧人家死活嗎？只要出得起錢，什麼都可以幹嗎？」阿吉一句緊逼一句追問過來。

「不和你說這些。」我對阿吉的婆婆媽媽突然覺得極端厭惡，爲什麼老要提這些許久以來我一直躲避着不願去思考的問題呢？

「阿吉，金龍的事就算結束了，以後兄弟面前不要再提它，聽了大家都心煩。」我蠻橫地把話題結束。

阿吉一言不發往鷹落下的地方走去，我緊隨着追上。

鷹掉落在菅草叢裏，我伸手把牠撿起來，看着牠驚慌的眼神，似乎餘悸猶存。

我們重覆着把鷹撿起來又拋入空中，如此玩了個把鐘頭，直到兩個人都倦了，便把尼龍繩綁在樹幹上，坐在樹蔭下歇息。阿吉喝着飲料，眼光始終看着竭力掙扎飛翔的鷹。

「把牠們放掉算了。」

「什麼？」

阿吉自語般地說：

「放掉算了。」

「不行！牠們還不懂得獵食，放掉牠們反而會害死牠們。」

「當初我就不應該去抓他們的。」阿吉仰起臉，上面還隱約有幾道被鷹抓傷過的疤痕。「原只是爲了好玩，沒想到差點把命給送掉。」說着露出稚氣的笑容。

「當那隻母鷹尖叫着撲擊你的時候，我眞嚇壞了，深怕你摔到崖下去。」我說。

「我心裏也想着必死無疑了，好幾次巨痛之下，我都差點滑了手，突然槍響了，我睜開眼看看，只見黑忽忽的一團落下谷底去了。」

「那情急下的一槍，事實上我一點把握也沒有，尤其用的是散彈，眞怕連帶地也打到你。」

「總算福大命大，但是無辜害死那隻母鷹實在是過意不去，眞希望你那一槍沒把牠打死。」

「我倒希望那一槍把牠打死了，打不死那才眞叫殘忍，掙扎着飛回來孩子們卻都不見了。」

阿吉仍定定地看着兩隻飛起又落下的鷹。

我順口說，無端地腦海中卻浮出妻的影像來。

「眞不應該爲了好玩抓牠們下來。」他自責地說。

「算了，抓都已經抓了。」

說完兩人又沈默下來，阿吉狠狠把空瓶子擲向岩石上想把它砸碎，但卻沒有丟準滾下山坡去了。

「星期三七星山的外景你還去不去?」我拿着樹枝胡亂在地上劃着。

阿吉抿緊着嘴唇，鼻翼激動地掀動着。

「王導演打電話給我，對昨天的事他表示非常對不起，希望你星期三再回去幫忙。」

「……。」

「喂!阿吉。」我輕拍他的肩膀。

「那些傢伙不是人。」阿吉憤怒地補充說:「雖然形狀是人，但是他們沒有心靈，他們……。」

「算了，阿吉。」我打斷他的話，「大家都是不得已。」

「這種話不講了。」

「反正星期三一起去吧!」我不想把話題又扯到那些不愉快的事情上。

「再玩一會?」我問。

「嗯。」

到中午以前，我們又走了一些路，到別的地方放了一會。正想把鷹放回籠中，突然跑來一羣小學生圍着我們興奮地叫着。

「老鷹，老鷹!」喜悅地呼叫聲此起彼落。

大概是假日裏老師帶他們出來郊遊，未脫稚氣的女老師微笑地站在孩子堆中看我們。

「喂！爲什麼要用繩子綁着牠們啊？」小女孩天眞地問阿吉。

本想收回鷹回家去的，又重新地把牠們放出來，看着孩子們興奮地拍手歡呼，我和阿吉相視着會心一笑。

回到家的時候，妻已經叱喝着兩個孩子吃午飯了，他們看到我手中提着鷹，歡呼着放下飯碗圍了過來。

四

星期三，一早起來濃密的雲就籠罩着天空，氣象臺報導說有颱風過境，晚上九點鐘以後會登陸東部一帶。

「颱風怕眞的會來。」我漱洗的時候妻如此說。

「會來。」我說。

「怎麼了？」

「沒有啊！」

「但你顯得憂心忡忡。」

「瞎說。」

「昨晚做惡夢了？」

「妳怎麼知道？」

「你一直喊叫，把老大都嚇哭了。」

「哦？」

「我翻過身搖你，卻發現你在哭！」

「……」

「夢見什麼了？」

「沒有。」

「告訴我有什麼關係？」

「醒來後都忘了。」

妻關切地看着我，用溫毛巾輕敷着我額上的傷痕，那是幾天前拍戲的時候被木刀砍傷的。

「今天沒什麼危險的戲吧？」

「和往常一樣。」

「小心一點好，太冒險的錢不要賺，聽說金龍的傷痕很難復原了，即使好了也得跛一條腿。」

「誰說的？」我倒抽一口冷氣。

「小王說的，昨天在街上碰到他。」

我拿着毛巾楞在原地，妻推推我。

「快點洗完吧，我去給你準備早飯！」

「不用了！」我瞄瞄妻一天一天增大的肚子。

雲愈來愈濃密，往七星山途中，風刮得路旁的樹嘩啦嘩啦響，颱風似乎有提早登陸的跡象。

我看看外面被風吹得搖晃不已的樹梢，有些枝葉被捲飛起來，墜入山谷中去，忍不住心裏顫慄起來。忽然想起昨夜那個惡夢，混身鮮血的母鷹猛衝向岩壁上的阿吉，我一急發了一槍，卻把阿吉打下山崖去了，漫長淒厲的慘叫聲一直繞在我的耳際。

過了下午三點鐘，風更像野馬般奔馳起來。看到那斷崖，我深深爲早上輕率的允諾後悔起來，足足有四十公尺高，崖下盡是巨大的亂石，崖上凸出來的一株古松作爲滑輪固着點，由幾個場務工在崖上把我拉上去。像這種冒險的工作以前也做過幾回，但是今天由於是風特別大的原因，我覺得格外緊張。當特技師把鋼勾掛在我身上的時候，我無來由地顫抖起來。

「幹，小吳自己願意吊的，關你屁事。」

「要吊爲什麼你自己不去吊，你們都不是父母養的嗎？這種風怎麼能吊人！」

正準備妥當，突然阿吉和楊劇務一羣人吵了起來。

「媽的，阿吉你幹嘛老喜歡攪和！」楊劇務怒吼道。

阿吉撥開人羣，衝前把我身上的掛勾拿下。

「老大，他們瘋了，你也跟着瘋了不成？這種風，這樣的高度，你吊上去不等於自殺嗎？」

「可是我已經答應他們了。」我嚅嚅地答。

「他們要你死，你就眞去死？他們給你多少錢，我給你！」

「不是錢的問題。」

「那更好辦，你是有家室的人怎麼可以這樣糊塗！」

王導演，楊劇務，陳老板一夥人圍了過來。

「小吳，我知道風大有點冒險，但是就剩下這個鏡頭了，拍完殺青，無論如何幫個忙。」王導演陪笑地要求。

「總不能爲一個鏡頭再回來出一天外景吧。」陳老板面無表情地說：「多一天外景，我又得花費一大把錢，你也替我想想。」

「也不能爲了一個鏡頭不顧人死活吧？」阿吉頂了回去。

「乾脆吊個假人算了，湊合湊合。」有人折衷地說。

「吊假人不逼眞，中國電影最大的毛病就是不逼眞，不逼眞你懂嗎？」王導演突然憤怒地叫了起來。

我看看情勢混亂，忙出來打圓場。

「算了，阿吉，不會有什麼事的，一會就過去了。」

「是嘛。小吳自己都沒意見，你憑什麼管？」

「我是可以不管，但你得先聲明出問題你全權負責！」

阿吉這一說，楊劇務卻轉首看看王導演、陳老板緘默不語。

「別危言聳聽，我幹了十幾年的特技還不知道啊。沒有把握我那敢吊人。」特技師打破沈默說。

阿吉轉過頭來盯着我，我看到他嘴唇出奇地蒼白，不斷地抖動着。

「幹，你們這些龜孫，要吊就吊我好了！」阿吉憤怒地吼了起來。

我不明白自己爲什麼會變得如此懦弱。當他們把掛勾掛在阿吉身上的時候，幾次衝動得想跑過去告訴他。

「阿吉，回家吧，這行飯我們不吃啦！」但是另一方面苟安的心裏卻使得這句話吞了回去。

「幾十秒鐘就結束了，不會有問題。」明知道情況並不是如此簡單，我卻一再地在心中欺騙自己。

「上面預備啦！一、二、三，開麥拉，拉人！」王導演聲嘶力竭地用麥克風吼着。

人影漸漸往上昇起，風愈吹愈大，眼看着阿吉被吹得像鐘擺一般晃過來晃過去，崖下鴉雀無聲，只有攝影機的聲音咕嚕咕嚕地響着。我感到窒息，冷汗自背脊上淌下，有若干萬隻螞蟻在爬般，我不時地注意着崖下放着保護用的海棉墊，看到阿吉一再地被風吹出安全範圍之外。一秒、二秒、三秒……時間似乎一刹那間僵住了，阿吉上昇的身影，猛地一顫突然頓住了，崖下一陣驚呼，王導演焦急地向崖上呼喊。

「拉上去，拉上去！」

「導演，鋼絲卡住了，拉不上來！」崖上的人用手做成喇叭狀回答。

「用力拉，拉上去！」王導演霍地自椅子上跳起來。

「放下來！」我也大聲地向崖上喊！

「拉上去，攝影機還在轉，拉上去！」

「放下來，媽的，你們都是聾子啊，放下來！」

看着阿吉懸在半空中的身子，手脚不斷地揮舞着，隱約間似乎看到那隻鼓動着翅膀的母鷹一般。

「拉上去！」

「放下來。」

「拉上去，拉！拉！」

「幹伊娘，我說放下來，叫他們放下來你聽到沒有！」我衝過去扭着王導演，不顧一切地搶過麥克風。

「瘋了？這種情形拉上去比放下來安全多了！」

「安全個屁！」我返身用力把王導演推倒。

「放下來，放下……」我蹦跳起來，用盡全身力氣吼叫。

眼看着阿吉的身子，晃動掙扎着，像條剝了皮的蛇般不斷扭動，突然間鋼絲斷了，大家驚呼着掩起眼睛，我像兜頭被淋了盆冰水般，冰冷的寒氣從腦門直衝而下，直塞到脚底，我瞪着眼睛看着那個黑呼呼的影子落下來，然後「拍達」一聲像摔碎南瓜的聲音，我冥然中似乎聽到槍響，那隻母鷹歪歪斜斜地落向黝深的谷中去了。

巨石上驀地散開來一朶紅花，向四方漫開，阿吉仰身躺着，像安詳地睡着了一般，任由那紅色的花朶從底下烘托起來。

大家發瘋似地圍上去。我感到天地急速地旋轉起來，驀然間千萬斤般的重量猛地壓了下來。

五

兩個月後，我帶着孩子們到阿吉的墳上上香，阿吉的墳建在山底的一片草原邊，空曠的平野只有阿吉的墳孤零零地橫在那兒。

前方廣闊而柔軟的草坪上，有幾隻雪白的小羊在嚙着草，我的孩子在旁邊打滾追逐，不時地去逗弄着小羊發出清脆的笑聲。

「不危險嗎？」妻關切地問。

「小羊的脾氣柔順。」我略感到凄切看看阿吉的墳說：「縱使欺負他，也不會傷害別人的。」

我拉着妻的手，輕輕地探着她鼓圓的肚子。

「偶而會踢動了！」妻說：「想拿掉恐怕遲了。」

「儍話。」我輕笑着，望着正在朝陽下奔跑的孩子，陽光灑在他們髮上，顯得晶瑩亮麗。

「你說，男孩子好吧？」她又說。

「一樣！」

「不過，你內心裏還是認爲男孩子好吧？」

我喜悅地俯下身去，拔開籠栓，把兩隻已長成的鷹放出來。

「唷呵！」我大喝一聲想把牠們趕飛。

剛放出籠外的鷹，似乎一時爲廣闊的世界眩惑一般，怯懦地蹲着，頭不斷地扭動着觀看周遭。

「唷呵！」我把牠們用力拋上空中。

一會兒便看到牠們奮力地鼓動着翅膀，衝上雲霄，嘎嘎鳴叫着在我們頭頂上盤旋飛舞了一會，便遠遠往天外飛去。

孩子們在草坪上揮舞雙手；歡呼雀躍向牠們道別。

「再見！再見！」孩子們叫着，直到那兩隻鷹在地平線上剩下兩個黑點。

回家的路上，我低頭問兩個孩子。

「媽媽要生個寶寶，你們看男孩子好呢？還是女孩子好？」

「男孩子好！」老大馬上大聲嚷。

「才不，女孩子好！」老二揷嘴。

一路上兩兄弟熱烈地爭辯着。

「唉唷！」妻痛叫着撫着肚子。

「怎麼？」我輕聲問。

「小頑皮又不安份了。」

說着，兩人對視着，開懷地笑了起來。

巨鼠

旺仔側着身躺在床上，靜靜神傾聽，同時把頭狠狠地甩了兩甩，以確定那的確不是因爲昨晚酒喝多了引起的耳鳴。突然，支支的叫聲寂靜了下來；停了一會，淸淸楚楚地自屋後傳來劈劈啪啪，像是什麼東西在掙扎撞鐵籠子的聲音。

「老鼠！」旺仔每一根神經都興奮起來，猛地從床上彈起，衝出臥室。跑了幾步似乎想起什麼，又跑回來對着猶在酣睡中的太太狂吼一聲。

「老鼠！」

過度的興奮，使得他連跑步都慌亂起來，跌跌撞撞跑過厨房的時候把碗櫃都撞翻了，盤碟乒乒乓乓摔碎一地。

「要死了！碰到鬼啦？」阿旺嫂震破屋瓦的咒罵聲自臥房中傳出來。

顧不得手脚上的擦傷，爬起來便埋頭往後院衝去，跑到鴿子籠邊便看到了捕鼠籠內那黃棕棕的一團。全身的毛豎立着，緊緊地捲縮在籠角，看着旺仔趨近來一雙兇惡的小眼睛便骨碌碌地轉動着，並呲牙咧齒呼呼怪叫。

「伊娘，總算抓到你了！」旺仔心裏如此暗駡着，眼角竟滲出了一滴淚水。

爲這隻魔鬼般的老鼠，旺仔可眞付出了慘重的代價，想起與這隻老鼠結仇的經過，着實微妙的很。就在幾個月前，旺仔好好的卻不知怎的突然生起病來，病症也離奇古怪得很，對任何事物完全失去感覺，吃不出酸、甜、苦、辣，聞不出香、臭，就像一時間變成了石頭人般，情緒也僵止痲木了，感受不到快樂、痛苦、悲哀、喜悅……更糟糕的就是連他和阿旺嫂做那事的時候，竟然也完全沒有激動的樣子，只把它當作歷行的晚間體操，機械而呆板做完了事。當然這些異常的舉動，阿旺嫂也漸漸感覺出來了，找了幾個醫生看，醫生們都搖頭說，從沒有看過這種怪病。

病情一直如此持續着，也沒有痊癒的跡象，旺仔起先也爲這種奇怪的病症感到很不方便，但是後來卻能以如此對世事保持着隔絕的狀態而漸漸感到滿足起來。所有的時間裏，只有一刻使旺仔感到心靈還沒有完全死亡，那便是每天晚上他都重覆地做着一個惡夢——他陷在一片廣濶而無涯無際的流沙裏，恐懼地大叫掙扎，想把身體拔起來，但是愈是用力，身體愈下沉得快。流沙漸漸由膝蓋，漫過腰際，埋上脖子，最後在極度的驚慌中醒來。醒來後滿身的汗水，陣陣的寒氣自脊椎中湧起，這種恐懼的情緒，總要持續一段時間才消散。

病情一直到遇上那隻魔鬼般的老鼠以後才有些轉機，本來，老鼠咬破衣服是司空見慣的事，尤其是住在這廉價租來的房子裏，後院殘破的洗衣房和水溝邊黝黑的洞窪，到處都潛伏着這些毛茸茸，尖嘴小耳朵，目光如豆的東西。到了晚上，便肆無忌憚一窩窩出來，做些鷄鳴狗盜的勾當。旺仔對於他們這些行爲，頗爲諒解與寬容、慈悲起來，還時常把些殘羹剩飯倒到水溝邊餵餵他們；天生萬物，皆賦予求生的權利，人着實無權去鄙視其它生命的生存方式。抱着這種信念的旺仔覺得老鼠也有可愛值得憐憫的地方；但是後來情況似乎變得比他想像的還複雜起來，這些受到他刻意照顧的小東西，曾幾何時便到處可看見它們成羣結隊，呼嘯而來，呼嘯而去，完全無視於身爲主人的他的存在了。甚且活動的時間也不再限定於晚上，大白天裏也大搖大擺隨處溜來溜去，有一次竟然有幾隻跑到門口來追逐嬉戲，嚇得送衣服來洗燙的小姐，個個花容失色驚慌跳脚。更有甚者，這些肥碩壯大的老鼠閒來無事，便把洗衣板東咬咬西啃啃發洩多餘體力，到了最近竟然變本加厲，連客人名貴的衣服也大大方方咬碎拖到洞裏舖床去了。這些惡行激得阿旺嫂七孔生煙，但是對於失去感覺的旺仔卻一點也沒有打動他的心靈。

小瘡不理終久會化膿擴張，最後終於發生了一件連石頭人也不得不暴跳如雷的事。那天早上起床，旺仔拿着水到後院刷牙的時候，竟然發現他心愛的一籠幼鴿遭到了滅門的慘禍，看着東一隻西一隻血跡斑斑，支離破碎的鴿屍，突然一陣暈眩，差點摔落水溝裏去。尤其聽到阿旺嫂說，這些都是由一隻巨鼠所帶領做下的罪行，倏地一陣憤怒湧上心頭，這對旺仔來說已經是很久沒經驗到的感受了。

「這種卑鄙下流的手段，恐怕天也不容吧。」

旺仔暗忖着，並下定決心非加以懲治不可。

這便是旺仔和這隻巨鼠結下樑子的經過，至於演變成不共戴天的大仇又是以後的事了。

對於懲治這隻巨鼠，旺仔起先用了幾近愚蠢的守株待兎的方法，拿了根木棍在鴿籠邊埋伏了幾個晚上，雖然方法不易收效，旺仔仍認爲這是比較公平而接近男子漢的作法。但是公平帶給旺仔的，便是被蚊子叮了滿身的疱，結果是連老鼠尾都沒有看到。過了幾天怒氣也消了，頽喪得正想放棄的時候，無意間卻看到那隻巨鼠進了鴿籠，旺仔興奮地衝前關緊籠門，正想甕中捉鱉十拿九穩，沒有想到卻讓它一溜煙從籠頂的破洞中逃走了。

第一回合的失敗，把旺仔的心煽活了：他重新佈置，把周圍的環境仔細勘察了一番，該修補的破洞也整修妥當。沒用又碍脚的雜物一律清理乾淨。如此開闢出一個有利的戰場，又過了幾天，旺仔同時也把兩個小孩子拉入戰局，兩兄弟聽到獵捕老鼠顯得格外興奮。

「一棒把牠敲死！」老大揮舞着棒球棍做一個擊球的動作。

「才不要打死，我要活捉剝皮！」老二拿着捕捉昆虫的捕蝶網。

「噓！不要吵，看到沒有？哪！」旺仔向前面嘟嘟嘴暗示。

水缸後，一隻巨大的尾巴露出了，不斷抖動着，忽地，碩大的身軀竄了出來，足足有隻小猪般大，狡詐的眼神四顧流盼着。

「哇！眞大，」老大拿着球棍就想衝出去，旺仔趕忙拉住。

「等牠跑進鴿籠。」

牠似乎嗅到了香餌的氣味，縐了縐鼻子，便鬼影般快速地溜入籠中。旺仔一個箭步衝近籠邊，兩兄弟聚精會神地守住水溝邊兩個破洞，旺仔把木棍伸入鴿籠中一陣敲打，巨鼠在籠中奔竄慘叫，猛地從籠內迎面衝出來，旺仔大叫一聲抽身後退，牠敏捷地躍過旺仔頭部。

「阿爸！在這裏！」老二嘶喊着。

「扣」又脆又響的一聲，旺仔轉過身 看到老大拿着球棍楞着，老二掩着頭倒了下去，手掌中不斷滲出血來。

「我……看到老鼠跑到弟弟那邊，就……就用力打過去。」老大嚅嚅地說。

「啪！」旺仔走過去一巴掌揮下，抱起昏倒在地上的老二悲痛地跑回屋內，這時，在旺仔的心中，那隻老鼠已不只是一隻老鼠了。

像喧嘩的蔓草掩住破落的庭園般，怨恨也迅速地在旺仔內心滋長起來。每一時每一刻他都爲着報復的行動，籌劃思考着，再也不去勤勞地洗衣服燙衣服，顧客們沒能按期領回衣服也紛紛離去。更令阿旺嫂擔心的是，旺仔的舉止逐漸地顯露出瘋狂不正常的跡象來，好幾次在吃飯的時候，盛着飯便無端地激動起來，用匙專心地在飯鍋中雕塑着。孩子們看着父親瘋狂的神態都放下飯碗哭起來，旺仔把鍋裏的飯，雕塑成一隻巨鼠的形狀，塑完大喝一聲：

「老鼠！」舉起飯匙狠狠地往牠頭上砸去。

獵捕巨鼠的行動一直在這座破落的洗衣店內進行着，後來連獵槍這般卑鄙的武器，都被移上了戰鬪之中。但是獵槍也同樣沒能帶給旺仔勝利，反而因此受到鄰里攻詰。吃上了「妨害公共安全」的官司，槍枝沒收，還賠了一大筆款。瀕臨絕境的旺仔最後終於使出了殺手鐧，特地叫阿旺嫂從市場裏買回來一條魚，煎得又黃又香，混上毒藥放置到牠經常出沒的地方。藥效果然如同宣傳中說的一般，又狠又毒；第二天清早便看到那隻巨大的——旺仔最心愛的大花猫肚子挺得大大，陳屍於屋後的水溝邊。

「媽媽，媽媽，快來看，阿爸抓到大老鼠了！」老二不知什麼時候起床，揉着惺忪的睡眼，走到後院來，看到旺仔正在逗弄那隻巨鼠便大嚷起來。

「終究落入我的手中！」看着眼前這隻憤怒狂亂的巨鼠，旺仔心中禁不住湧起一陣陰沈的快樂。

這最後的勝利說起來一點也不光榮，自從那隻大花猫被毒殺以後，旺仔倏地冷靜了下來，改變了策略，來個長期的堅壁清野，把家裏一切食物嚴密地封鎖起來，卽連殘渣剩飯也不輕易棄置，如此持續了十幾天，飢餓終於使牠昏了頭鑽進籠中了。

「哇！眞的嘢，媽，快來看。」老大威武地持着球棍也跟着大嚷起來。

「喂！阿爸。」老大揮舞球棍，看着旺仔陰陰一笑：「怎樣結束牠？」

「溺死！」老二聳恿地說。

「才不要，用水溺死一點也不精采，澆上汽油用火燒才好看。」老大大聲反對。

「溺死牠！」

「不要！」

「溺死牠！」

「不要！用棒子打死！」

碰一聲，老大怒氣沖沖揮動棒子擊中洗衣機，旺仔嚇了一跳。

「大清早的，你們父子到底在搞什麼啊？」

阿旺嫂睡意猶濃，一頭散髮像糾纏的雜草般，踩着踉蹌的步伐，咕噥地走到後院來。

「喂！妳看！」他興奮地提起籠中的巨鼠在她眼睛前晃了晃。

「哇！夭壽！長得眞肥；怕不有兩斤重？」阿旺嫂眼睛瞪得銅鈴大，「怪不得連老母鷄都能咬死。」

「喂！安仔，你去燒壺滾水。」她轉過身向老大說。

「燒滾水幹什麼？」旺仔大惑不解似地。

「媽媽要把老鼠燙死。」老二興奮拍手。

「殺掉啊！這麼肥一定有一大碗肉。」

「妳是說吃老鼠肉?」

「是啊。你不知道?可鮮嫩的很呢。切點薑絲用猛火炒到半熟，再滲入半碗米酒，唉啊!吃起來就像兔子肉一樣。」阿旺嫂說着狠狠吞下一大口口水。

「三八!城市裏的老鼠不能吃的啦。不像我們鄉下的田鼠專吃蕃薯、甘蔗。」

「怎麼不能吃?城市裏的老鼠還不是吃菜渣、剩飯長大的。」

「我才不吃老鼠肉，老鼠肉髒髒。」老二猛向地上吐口水。

「我們又不是猫，猫才吃老鼠。」老大也厭惡地說。

「囝仔人少多嘴，媽媽煮給你們吃，你們……。」

「都給我住嘴!」旺仔霍地站起來，「我自會處置牠。」

阿旺嫂看到他突然發了這麼大的脾氣，馬上緘默下來。

「水攻?火攻?嘿……那這麼便宜牠?」旺仔提着老鼠籠陰笑地走進浴室裏。一會兒，便看到他拿着一堆舊報紙，在塞補浴室各處破洞。

「嘿……」旺仔為自己內心裏殘酷的念頭煽動着，不時發出一兩聲陰笑。

兩個孩子看着阿爸奇怪的舉動，吱吱喳喳議論不休。

「你們看阿爸來治牠。」旺仔拍拍手站起來，看着攏在浴室內驚慌縮成一團的老鼠，一股奇異的熱流，忽地流遍全身，心中陰沈的愉悅翻滾着。

「露茜！露茜！」旺仔向浴室外喊着。

一會兒他那隻灰色的大狼犬，便搖動着尾巴，掀動着鼻子跑了過來。

他彎下腰親熱地摟着她的脖子，猛抬起頭對着兩個孩子說：

「你們在外面守着，萬一牠溜出來，就用棒子把牠幹掉。」碰一聲，旺仔把浴室的門關死。

露茜聞到那隻巨鼠的氣味了，唔唔作聲地用前脚拍打老鼠籠，巨鼠呲牙咧齒地叫着，勇猛地向縫中伸進來的狗爪攻擊。

「嘿！不知死活的東西。」他抽動嘴角，卑視地冷笑。

露茜被巨鼠咬傷，憤怒咆哮着，用頭把籠子衝得在地上打了幾滾。

「走開！露茜。」旺仔支開牠，把牠驅趕到室角，露茜猶唔唔悶吼作勢欲撲。

「伊娘！看你猖狂到幾時！」旺仔拉開籠門的時候，手不斷地抖動着，一股近乎痛苦的愉悅綿綿地湧上心頭。

「唷呵！」狂叫一聲把巨鼠趕出籠門。

「咬！咬死牠！」

驚慌竄出的巨鼠在光滑的磁磚上拼命地奔跑，露茜拱起背脊閃電般地衝前，一股腦兒把旺仔誤撞翻在地上。

「咬……哈……，咬！」他狂笑爬起來，大聲吶喊。

巨鼠狼狽逃命，吱吱慘叫不停，跑過浴缸，掠過水籠頭，再溜下地板，驚慌至極地用那尖尖的嘴四處衝鑽尋找生路，露茜兇性大發，狂吼着不斷地撲擊，卻一再爲光滑的地板滑倒摔得四脚朝天。

「咬，露茜咬牠，哇哈哈……。」旺仔披頭散髮，雙眼兇光畢露，形跡猙獰地狂笑不止。

「吱……」突然露茜拍中了巨鼠的尾巴，張開滿嘴森森的利牙正要咬下，旺仔馬上衝前把牠分開。

「哈……再來，慢慢折磨牠，哈…咬！對，咬牠！」

巨鼠亡命逃亡，跑了一回，氣喘吁吁地蹲縮一角，露茜也疲憊得吐舌喘息定定地盯視着牠。

「咬！嘟，露茜！咬！」旺仔心中的歡悅正狂熾，猛拍露茜的背脊煽動着。

巨鼠又驚慌逃竄，跑過馬桶邊緣的時候，一個重心不穩落入馬桶中。

「嘿！該死。」他心中暗笑着，感到一絲虐待式的滿足，「哈，如此英雄竟狼狽到此地步，實在是滑稽又好玩的事！」

旺仔上前正想用木棍把牠撥起來，突然看到牠那雙凸出眼眶充滿了絕望的眼神，汩汩不停的鮮血從鼻孔中不斷地流出來。

「嗽！」他呼了一口長氣，一陣昏暈，猛地跌坐下去。

羞慚不安的情緒漫無邊際地掩蓋下來。

一聲怒吼，旺仔看着猛撲上前的狗，急忙跳起用身子擋住，同時用木棍把巨鼠撥出馬桶。

「逃，快逃！」焦急的吶喊不禁脫口而出，喊完旺仔呆呆地楞了一會。

露茜吼叫着鑽過他的胯下向巨鼠撲去。

「快逃！快逃！」旺仔情急地用木棍擊打露茜，手忙脚亂地打開窗戶。

「從窗口逃出去，快逃！」他放下棍子拍手驅趕，但那隻巨鼠卻更加驚慌地用頭去衝撞牆壁尋找出路。

「這邊，這邊！」擋住盛怒咆哮的狗，把巨鼠往窗口趕去。

眼看着牠爬上馬桶，跳上抽水筒，刷，躍上窗沿了。

倏地一聲怒吼，露茜從背後躍起，一掌把牠拍落地上，怒張着血紅大口咬下去。旺仔像遭到電擊般，猛地打了個冷顫。

「放開！放開！」連忙瘋狂地拍打着露茜的頭。

露茜把頭狠狠地甩了甩，放下牠。掉落在地上的巨鼠先是收縮着，一會兒才緩緩鬆開伸直，源源的鮮血從傷口湧出毛外，牠還沒有完全死去，眼神泛着黯灰的色彩，尖嘴一張一翕地，流出一條血絲。

「啊！」一陣驚怖，旺仔忙別過臉去。

更大的震撼猛地擊中心弦，他突然看到壁上掛着的鏡子映出自己的臉相。

充滿血絲，睜大暴凸的眼珠，兩頰因削瘦深深地陷下，使得一張嘴便尖尖地凸出來。

幾個月來，旺仔沒想到自己變成這付模樣。

他端詳着鏡中的自己，再看看倒臥在血泊中的巨鼠，冥然間覺得兩者極其的相似，慢慢幻合爲一了。

「哇啊！」旺仔驚慌大叫，打開門，雙手緊抓亂髮瘋狂地衝了出去。

唐吉訶德的夢魘

一

聽到我們編的報紙遭到停刊的消息時，我著實大大地感到驚訝，雖然幾天來我一直預感到這層陰影，但是怎麼也料想不到它會來得這麼快，猛然地便遮住了我對最後一絲光明的企求。幾天前班聯會主席還當著我的面，允諾過一定召開班聯會來討論這份報紙的問題，怎麼連我們這幾個主要的編輯都沒接到開會的通知，便如此草率地把這份有著多年傳統的報紙給停了呢？如果沒有通過公開的會議方式便把這份報紙停刊，那麼這是不合法的，這樣做便是公然藐視公意，這是嚴重的問題，我如斯想著，愈想愈覺得懊惱便往編輯室走去。

編輯室在學生活動中心四樓，差不多只有八坪大，地方雖然小了些卻是我們舒展抱負的地方，或許在很多人的眼中，辦校園報紙並沒什麼大不了，但對我們來說可是重大得不得了的大事，我們在心中把它當做是實驗理想的園地，讀了十幾年的死書，第一次實際去參與影響衆人的實務，心中充滿著莊嚴而神聖的使命感，事實上這份刋物對我們已不只是單純的一份刋物而已，大家多多少少都抱著一份唐詰訶德式的夢想，當然不見得要鬪風車，只是，在內心深處除了舞會、痲將之外，也特別留下了一角來做爲藏放這小小夢想的地方。

如今連這麼小小的夢想都被擊碎了，刋物竟然被勒令停刋，想想伙伴們眞不知道要如何地沮喪，他們能冷靜地接受這個事實嗎？我推開編輯室的門便看到他們圍坐在桌前，大家都陰沈著臉，悶不作聲地啪嗞啪嗞猛抽著煙，煙灰缸裏已堆滿了煙蒂，也不知道他們如此悶坐了多久。我輕輕走過去，大家不約而同轉過頭來看我，眼神都有些空茫茫地，楊拉出一把椅子示意我坐下。

「停刋了。」刁狠狠地把煙按熄在煙灰缸上，還憤怒地揉了揉直到把煙蒂壓得扭曲變形。

「我知道了。」我輕輕地回答。

「憑什麼停我們的刋。」刁突然把聲音揚起來，神色很激動，不小心把鋁製的煙灰缸壓翻了，噹的一聲掉到地上。

大家都被這巨大的響聲嚇了一跳，刁手上還拿著揉爛的煙蒂一時不知所措。

「憑什麼停我們的刋！」刁喃喃地又重覆了一句。

大伙只是緘默對看著，在那短短的一瞬之間，似乎都同時感到一股隱然的悲痛在彼此的目光中流通。

「報紙都發出去了嗎？」我強自鎮定地問楊，他是負責發放報紙的。

「發出二十個系級，大概發了一千份左右。」

「今天趕快把其他的都發出去，大家合作一下分頭去發。」我是這份報紙的總編輯，我告訴自己必須冷靜地把事情做一個完善的處理。

「說什麼？」楊似乎很驚訝，瞪著我說。

「就算是停刊，也要把報紙發出去，這樣對同學們才有個交代。」

剛說完話竟發現大家都訝異地看向我。

「你還在做夢嗎？剛剛訓導主任到這裏來向大家說過了，限我們在兩天之內把發出去的報紙統統收回來，少一份就要我們負責。你他媽，想害死我們呀？」楊大聲嚷。

「憑什麼？」我被這個消息猛地嚇了一跳。

「憑他是訓導主任呀。怎麼？你不服氣？」刁撇撇嘴角說。

「也不能管得這樣過份呀，我們又不是小學生，要他一個口令一個動作。」

「小學生怎麼樣？大學生又怎麼樣？大學生他才管得緊！口口聲聲大學生要有獨立自主的人格，結果所謂獨立自主就是你們可以比中學生留長一點的頭髮，我們辦一份報紙，他訓導主任一句『有問題』就給停了，什麼玩意！」刁的話就像他寫社論的筆一般犀利。

「你說什麼？」我再次訝異地問刁：「停刊是訓導主任個人的意思嗎？」

「林的，你幹什麼總編輯？報紙怎麼停刋你都不知道？」楊又吼了起來。

「剛才碰到劉子瑜，他轉告我報紙停刋，我還以爲這是班聯會做的決定，我正想問他，他掉頭就走了。」我向大家說明。

「說到那小子，一定要召開班聯會做個檢討，說不定把他罷免掉，明明說好必須經過班聯會決議才決定刋物要不要繼續辦的。」刁猛一拍桌子咆哮起來。

「你說報紙是訓導主任個人決定停刋的，你有什麼證據？」我問刁說，他是學法律的，應該明白證據的重要性。

「要什麼證據？他親口說的，大家都在場，還說他和院長都認定這期的刋物有問題，萬一出事就要我們負責。」楊舞動着手搶著說。

「院長？還不是那一套，搬個大官壓一壓，我就不信這是院長的意思。就算是院長也不能橫加干涉，報紙是全校學生的，他認爲有問題要停刋，也必須提付班聯會決議才是民主的作法。」刁神情嚴肅起來：「學校又不是軍隊，怎麼可以想怎麼樣就怎麼樣！」

「這件事大家暫時不要激動，我馬上去和院長說說，我們先把原因弄清楚再做打算。」我把大家的情緒平抑來：「老楊，請你去通知老鄭來一下，我和他商量看看。」

老鄭是報紙的採訪主任，他一向都比較冷靜，我想和他擬個對策。

「老鄭被叫到訓導處去了。」

「嗄?」我訝異地看楊。

「剛才王主任找你總編輯不著，就把老鄭叫去了。」楊說。

我霍地站起來，悶聲不響往外走去，刁急急趕上來拍拍我的肩膀。

「我陪你去。」

二

因爲辦報紙和校方起衝突已不是一朝一夕的事了，從我前一任的總編輯開始便已經有了磨擦，原因是訓導處一再地要干涉這份報紙的編輯工作，包括它的內容，編排的形式乃至編輯組、記者羣的行政等等，揷手的範圍早已超越了所謂『輔導』的立場，用『管理』兩個字來形容大概比較接近事實。上一任的總編輯李，年紀比較大，是曾經在報社擔任過兩年編輯工作才唸大學的，因此在接編這份報紙之後，對於以前那些無病呻吟，虛無飄渺的文章有些意見，認爲大學生不應該如此自己深鎖在夢幻的國度裏，應該眞正起來關心我們的社會和人羣。於是他完全改變了以前報紙的風格，而他們那羣編輯組也的確把報紙辦得有聲有色，可以說是自創刊以來最多采多姿的幾期，全校的學生也才眞正的關心起這份報紙，大家常熱烈地討論著報紙上提出來的一些問題。我加入這份報紙的編輯工作也就在這個時候，那時大家的情緒眞是昂揚，常爲了編輯的業務把睡眠的時間都犧牲掉，直忙到看著報紙一份一份地從印刷機中滾下來，聞著濃濃的油墨香，與奮的情緒就像是看到一個嬰孩的誕生一般，常激動得滴下淚來。

但是麻煩也就出在這份報紙太受注目了，尤其是我們率先開闢出來的深入報導版和政治評論專欄，投稿的踴躍和水準的高都大大出乎我們意料之外。原以為這一代的大學生是膚淺而盲目的，透過這些稿件我們才警覺到，以前那些想法有頗多印象式的錯誤，原來他們一直壓抑著他們的思想與見解，因為客觀的環境使得他們往一個模式上去求發展，才使得他們顯得庸碌而無能，有了這層領悟之後更加覺得這份刋物的重要，於是我們把這兩個專欄擴大版面，並把深入報導的對象擴大到學校附近幾個社區，目的就在於引導大家慢慢去關心周遭的人羣。

很快的，我們這份努力便贏得很大的回響，許多別所大學的校刋編輯到我們學校來拜訪，互相討論如何來改革大學的刋物。這件事卻也同時引起學校的注意，竟透過訓導處施予我們壓力，強令我們改變版面的設計，取消政治評論版，更改深入報導版，把這些版面改成對學校各部門的施政報導。

「你們把自己的書唸好就可以了，政治的事情你們還是少發點議論。」訓導處王主任這樣告訴我們。

「國父說，政治就是管理眾人之事，為什麼大學生就不可以談政治？」李不服氣辯駁。

「因為你們思想還沒有成熟，往往會把事實的眞相看偏差。」

「民主政治不就是從不成熟中，慢慢學習到成熟中的過程嗎？」李說。

「要談政治等你們出了社會之後有的是機會。」

「現在不給我們學習談論的機會，出了社會又怎能有成熟的見解？」

「你們不談政治就不過癮嗎？」王主任已經有些慍怒了。

「主任，這不是過癮或不過癮的事情，身為知識份子中堅的大學生都不能談，那還有誰敢談？」

「要談可以，在課堂上和老師談，不要寫出來刊在報紙上。」

「既然可以談，為什麼不可以寫？」李一點也不放鬆地問。

「你要知道，談錯了可以修正，白紙黑字印上去想改也改不過來。」王主任臉色都開始變了。

「學校不是安排有審稿老師嗎？認為寫得有偏差他可以糾正我們，輔導我們呀。」

「你們眞有接受輔導的誠意？」王主任詭密地笑了笑。

「當然。」

「那麼，取消政治評論版，取消深入報導版，我輔導你們寫別的東西。」王主任把臉一扳，近乎警告說。

「這不叫輔導！」李面孔抽搐激動地吼了出來。

「要不然就停刊，學校不在乎多一份少一份報紙。」王主任霍地站起來。

李鼻翼激烈地掀動，嘴角一再抽搐，猛地也站起來。

「主任，你眞要這樣做也可以，下一期我們會以大標題登出廣告，有關國事，家事，天下事之文章請另投他刊，本刋自即日起只收文藝愛情纒綿小說，這樣總可以了吧。」李冷然地一句一句迸了出來。

「混蛋，你說什麼？你這是威脅我嗎？嗄——？你這是威脅師長嗎？」

「沒有這個意思，」李依舊冷冷地回答。

王主任大罵著離開了編輯室，並且警告說下一期要不改變版面就將予以停刋。

於是編輯室和訓導處的衝突便如此白熱化了，最後迫使李辭職，經過大家改選，總編輯的職位才落到我頭上來。

我接掌編務之後爲了緩和彼此的衝突，便和學校採取妥協合作的態度，尤其王主任是教過我「社會工作槪論」的老師，他在課堂上向來就非常強調，做爲一個社會工作員應有的修養，他強調溝通人際關係的重要，並說明愛心與耐心就是做爲社會工作人員最基本的質素，我深爲他的言詞所感動，認定以前所以會和訓導處弄得如此僵，乃是因爲李的太過於剛愎自用，我想改一改他的作風平心靜氣地來和校方溝通意見。

我的妥協果然換來很愉快的關係，訓導處很滿意我們報紙風格的改變，評論的文章取消了，深入報導的版面也取消了，改換成對學校施政之贊美，並擴大柔性的文藝園地。我深以這種平和的合作關係而感到高興，畢竟衝突不是一件令人高興的事，携手合作才能把事情做得更圓滿。但是後來另一方面情況的變化卻令我覺得訝異，以前編輯室內的熱情沒有了，大家似乎一時之間便失去了年輕人應有的豪氣。報紙從印刷廠印出來的時候，大家也漠不關心，更嚴重的，一批優秀的記者和編輯紛紛離去。

我開始感到懊惱，難道這一切都錯了嗎？我這一個疑問很快便找到了答案，當我們趁著週會時間把報紙發出去的時候，竟看到大部分的同學，連看都不看地把它墊在屁股底下坐著，週會散了之後更看到他們把這些報紙都塞到校園中的垃圾筒中去。

我和編輯們逐一把被丟棄被侮辱的報紙，從垃圾筒中撿出來，把它撫平折疊起來，邊撿著報紙心中就覺得陣陣的悲痛。我終於明白了，我們實踐理想的過程中，妥協合作並不是最重要的，就如同唐吉軻德本來可以不必鬪風車的。

我召回了離去的伙伴，恢復了刋物的風貌，當然我們也預見到了將再度面臨的困境，只是沒有想到它會來得如此快。當我們來不及和校方坐下來溝通之際，便被私下決定了停刋的命運；「學校不在乎多一份少一份報紙。」王主任的話這時又再次地在我耳際響了起來，學校眞的不在乎嗎？所謂「學校不在乎」到底是全校學生不在乎呢？還是王主任一個人不在乎？同學們把報紙不屑一顧地墊在屁股下坐的景象，又浮上我的腦海中來了。

三

上這所大學以來，這是我第一次進入院長室，心中有些忐忑不安，經過秘書通報之後，院長請我們進去。

沒料到王主任和老鄭也在裏面，院長坐在桌子後面那張大旋轉椅上悠閒地抽著煙，微禿的頭，稀疏的頭髮很有神地往後梳著，烏亮的油光更加襯托出他那張和藹而富泰的臉。

他示意我們坐下，並客氣地遞給我們一包香煙，我和刁都受寵若驚，手伸在半空中，推辭也不是，接受也不是。正在爲難的當兒，王主任卻已站起來，恭敬地接了過去，發給我們一人一枝，並且迅速拿出打火機微笑地爲我們點上。這一來原本撇著一股氣想嚴正地向院長提出申訴的心意猛然便被攪亂了。

「我正想要廣播請你們來，你們來了正好。」院長微笑著，輕輕地把椅子左右晃轉。

「這件事王主任剛剛向我說過了，我也略微和鄭同學談了一下。」院長仍然和藹地笑著，聲調很溫和；和院長坐得這麼近談話心裏感到些微侷促不安。

我轉過臉看看老鄭，只見他鐵青著臉，低頭在玩弄手中那根煙。

「當然，發生這種事情大家都感到遺憾；我年輕的時候也辦過報，抗戰時在淪陷區的上海辦報，規模上，哈哈，當然比你們這份報紙大得多了，性質也大不相同……。」院長說著便呵呵笑起來，我不太明白他笑的意思，不過看看王主任好像也很高興地跟著大笑，便也勉強擠出一點笑聲附和著。

「你們大概都不知道，院長年輕時候也是很傑出的報人，以前在上海淪陷區待過的人，只要提起院長的大名，幾乎沒有人不知道的。」王主任笑著說。

「哈哈……，那是過去的事了，好漢不提當年勇，現在……哈哈，沒那股衝勁了。」院長微微地把身子傾前，將煙按熄在煙灰缸上：「當時呀，呵……，眞是一點都不怕死呀，把命都豁出去了，隨時都有被日本人暗殺的可能，比起你們現在的勇氣，一點也不差！呵呵……」

聽著院長猛說那不著邊際的話，心裏有些急，卻也不敢打斷他的話，我瞄瞄丁，他卻鎭定得很，早就胸有成竹似地，若無其事地抽著煙，還偶而把身子站起來傾向院長桌前，將煙灰彈到煙灰缸上去。

王主任似乎爲丁的行動感到有些錯愕，慌忙把身邊的煙灰缸傳遞過來。

「和你們講這些話，是想讓大家知道，我眞的明白你們心中的感受，我當年辦報也停過刊，那時心裏的確很感到難過，所以我想我可以體會到你們現在的想法。」

院長收斂起笑聲，很熱絡地看看我們繼續說：

「找你們來，就是想和你們商量討論一下，看看到底有沒有什麼補救的辦法，你們看看這樣好不好？對這件事的來龍去脈我也不十分淸楚，剛才聽王主任說是因爲你們稿子沒經過審核就刊出來，是不是這樣？」

「是有篇文章我刪改了以後，他們沒有把刪改的地方更正過來就刋了出來。」王主任把報紙遞給院長，並用手指指特別用紅筆劃出來的那篇文章，院長接過去，戴起眼鏡來端詳。

「院長，不是我們有意要這樣刋，這篇文章它的主題就在那幾個地方，主任這麼一刪，根本連文意都不通嘛……」一直緘默著的老鄭，突然擡起頭來這樣說。

王主任聽他一說，猛地臉色一扳，老鄭似乎也覺察到有點失言，慌忙把話打住。

「這篇文章是誰寫的？」院長把眼鏡推推，邊看邊問道。

「我。」刁回答說。

「這篇文章曾經在外面的報紙刋載過，我覺得不錯才將它轉載過來。」我忙加以解釋。

「哦？」院長頗感到訝異似的：「在那家報紙刋過？你唸那個系級？」

「法律系三年級。」刁說。

「三年級就對政治問題有這個見解，很不錯！」院長說著，認眞看下去。

「報紙上刋過是報紙上刋過，學校有學校的尺度。」王主任不悅地說。

「大家都說這篇文章沒問題，我就不明白爲什麼有人偏要這樣吹毛求疵。」刁悻悻然說。

「你們別把問題看得那麼單純，你們就是太年輕，所以什麼東西都顧慮得少，或許你們寫文章的時候動機是很單純，但是別人看了是不是這麼想？這種事我以前在大陸看多了，我不是刁難你們，是比你們看得多想得遠。」王主任似乎有點激動起來。

「你是比較會想，看到井繩就會想到蛇。」刁依舊若無其事地說。

「別以爲寫那篇文章有什麼了不起，裏面幼稚不成熟的地方還多的是。」王主任被刁的態度撩起了怒氣，憤然地說。我看到他通紅的面孔，突然覺得他和敎我們社會工作的道德時誠摯的表情竟有著天壤之別，一股莫名的厭惡感猛地湧了起來。

「從刪改的地方便知道什麼叫成熟什麼叫不成熟。」刁出乎意料地竟迸出這一句話，臉上呈現出被羞辱而懊惱的顏色。

王主任霍然變了臉色，衝動地瞪著刁，嘴巴抖動著想說什麼，院長正好抬起頭來看了看大家，緩慢而嚴肅地說：

「這裏是院長室。」說完，倏地大家便安靜了下來。

「這篇文章我也沒看完，不過王主任說的也對，學校有學校的尺度，學校既然設有審稿老師，你們就應該照審稿老師的意見來辦理。」

「審稿老師就說沒什麼問題；一篇文章竟然由三個人來審核，審稿老師，課外組李敎官，到了訓導處主任又要加意見，叫我們到底聽誰的？」老鄭又游擊性地攻出來一句。

王主任一聽又憤怒起來。

「你講什麼話？辦報紙就可以不守校規嗎？違反校規就要處罰，不然這樣下去還有誰把校規放在眼裏。」

「但是也必須按照合理的程序，報紙既然屬於班聯會，主任如果認爲有問題就應該交付班聯會來決定，看看是要把編輯組改組或是停刊，這才是民主的形式。」刁保持著他深沈而冷靜的語調說。

「笑話，訓導處難道無權來處罰違反校規的人嗎？」

「訓導處可以處罰違反校規的『人』，但是無權來處分這份報紙，這份報紙是全校學生的，應該由他們自己來決定。」刁以一種凜然不可侵犯的態度說。

院長舉起手來制止大家的爭論，嚴肅地說：

「違反校規就得接受處罰，這是做學生的本份，不過我希望大家心平氣和地接受，不要意氣用事，你們都是本校的好學生，有見解的好青年，我也不忍心來處罰你們，但是爲了學校的體制，不得不這樣做。」

「我的決定是停刊一期，看看他們的表現，如果他們認錯更改版面，我就准許他們復刊。」王主任堅持著說。

「王主任的決定很合理，你們認爲怎麼樣？我的看法是這個處罰已經很輕了，像這種情形可以停刊兩期或勒令永遠停刊的，你們自己想想看再做個選擇。」院長的語氣也漸漸冷硬起來。

把一份神聖的刊物的命運，竟然用如此接近於談生意的語氣來討價還價，我覺得有一股羞辱的情緒在胸中翻騰著，緊抿著嘴唇，老鄭和刁都陰晦著臉，我看到刁的面孔在抽搐，嘴巴細碎地抖動。

「訓導處可以記我們過，但是絕——沒——有——權——利停掉這份刊物。」刁低著頭，一字一句陰冷又果決地說出這句話。

氣氛僵凝了下來，大家都默默坐著，院長把眼光凝視著天花板。

「好，這件事就這樣決定，由王主任全權處理，如果你們認爲一定要召開班聯會，就馬上召開，院長這麼關心你們，你們都不瞭解我的苦心，那麼就公事公辦！」院長坐直身子，生氣地說。

走出院長室，我心緒紊亂得很，刁埋著頭急急走在前頭，我和老鄭趕上前去拍拍他的肩膀，他茫茫然回頭看我們，又往前急急走去。

「回編輯室去商量。」我湊近他輕聲說。

他緊抿著嘴唇，只是一逕地埋頭走去，我只得緊緊跟著他。

四

站在法律系司法組的教室外面，同學們正在裏頭上課，刁從後面叫人遞紙給劉子瑜，劉子瑜接到字紙看了看，走向前去和正在講課的老師講了一下便走了出來。

「找我有什麼事？」劉子瑜不耐煩地說。
「和你談談關於報紙停刊的事情。」刁拍拍他的肩膀。
「下課後再談。」劉子瑜轉身想走。
「現在就談。」刁拖住他。
「幹什麼？」
「不幹什麼，不要這麼大聲，只是要和你談談，用不著怕。」因爲辦報紙，刁已和劉子瑜有好幾次衝突，現在一見面總是不太對勁。
「我怕什麼？」
「那就不要走。」
「……。」劉子瑜怒視著刁。
「爲什麼不召開班聯會？」
「王主任說不必。」
「你就這麼聽他的。」
「……」
「你要明白，你班聯會主席的位置是全校同學選出來的，你必須向大家負責。」
「負什麼責？」

「報紙是全校同學的，要存要廢必須由大家來決定。」

「報紙被停刊是你們自己的事，不要推到大家身上來。」劉子瑜挑釁地看著刁。

「你說什麼？」

「你們弄出來的紕漏，就應該由你們負責。」

「我們當然負責，學校可以處罰我們，但沒有理由連帶懲罰到報紙。」

刁突然把聲音揚起來，教室裏上課的同學紛紛好奇地往外面看來，我拉拉刁的衣袖示意他輕聲一點。

「不要以爲這麼大聲我就怕你們。」

「劉子瑜，現在不是談誰怕誰的時候，我們是和你談事情，報紙是附屬班聯會的，現在出了問題，我們只是希望你能夠出面來幫忙解決。」我耐著性子儘量低聲地說。

「現在不是解決了嗎？停刊就停刊有什麼大不了的。」劉子瑜若無其事地回答。

「你憑什麼身份說這句話？」刁又大聲起來。

「要不然你想怎麼樣？」

「由你出面召開班聯會，召集全校班代表和社團負責人公開討論，只要大家決議停刊，我們必定遵守大家的決定。」刁強自鎭定地說。

「和訓導處鬪？我才不像你們這麼傻！」

「這不是鬪不鬪的問題，這是民主、合法的程序。」我又忍不住地說。

「要召開班聯會你們自己去召開，我不管。」劉子瑜推託說。

「你是大家選出來的主席呀，你不出面這個會怎麼開得成。」

「……。」劉子瑜低著頭緘默了一會兒。

「你到底顧忌什麼？別他媽龜孫樣。」刁沈不住氣便咒罵起來。

「好，我答應你們，但是這件事等期中考以後再說。」劉子瑜抬起頭說。

「不行，期中考結束已是兩個禮拜後了，那裏來得及？要挽救這份報紙必須在這幾天內召開。」刁說。

「辦不到，大家都要準備期中考，人員召集不起來。」

「期中考還有一個星期，開會又不要花多少時間，你是故意要敷衍？」刁說。

「隨你們怎麼想。」劉子瑜昂昂頭撇著嘴角睨視我們。

「那前幾天，你爲什麼答應我們要召開班聯會？」我略感意外地問。

「……。」劉子瑜只是似笑非笑地看著我。

「是不是王主任向你施壓力？」我嚴肅地問他。

「你們還有什麼事？沒事我要上課了。」劉子瑜冷冷一笑轉身離去。

「劉子瑜，你給我站住。」刁猛地吼了出來。

劉子瑜停住脚步，轉過身也吼了回來。

「你們到底想怎麼樣？」

「希望你給我們一個肯定的答覆，你到底召不召開班聯會？」

「不開！憑什麼幾個人闖的禍要大家來擔當？」劉子瑜狠狠地說。

「你說話小心一點，我們辦這份刊物可沒拿任何人一毛錢酬勞，我們只是替大家服務。」我聽到劉子瑜提到「闖禍」這個字眼，有些不悅起來。

「我們不要你們這種服務，班聯會不在乎多一份或少一份報紙。」劉子瑜竟也用起這種官僚十足的語氣來說話。

「這是你的意思還是班聯會的意思？」我認眞地質問他。

「大家的意思，登那些狗屎文章有什麼意義！」劉子瑜譏諷說，他的話轟然一聲狠狠擊在我的心上。

「劉子瑜你給我聽著，你說，什麼叫狗屎文章？」刁勃然大怒衝前去一把抓住他的衣領：「我要你向大家道歉，鄭重的道歉！」

「你媽，少來！」劉子瑜用力拍掉刁的手。

「說對不起，你說不說？」刁又衝前抓住他的衣領。

突然間，我也沒弄清楚怎麼一回事，就看到他們扭打起來了。

教室裏上課的學生聽到聲音一股腦兒湧出來，我跑上前去想拉開他們，不知道從那裏猛然地飛來一拳，擊中我的腦門……。

五

刁和班聯會主席互毆的事情很快便轟動了全校，院長知道了這個消息大爲震怒，把我們叫了去大大訓斥了一番。他說我們根本就沒有學到一個知識份子應有的風度，並且勒令那份報紙永遠停刊，於是這份擁有五年傳統的報紙便如此從校園中消失了。刁的處境更是難堪，訓導處王主任說他竟對學生代表動用暴力，必須予以嚴懲。

但是刁並沒有等待訓導處的懲罰公佈出來，就決定自己退學返回家鄉去。

就在刁收拾行裝回鄉的前一天，編輯室的伙伴們都聚集到他住的地方來向他道別。當天晚上大家都喝了很多酒，有些從不喝酒的伙伴都喝醉了。大家似乎都早有默契，沒有一個人談起報紙的事，只是大口的喝酒縱聲狂笑，後來不知道誰提議要刁向大家說些道別的話，刁堅持著不肯，但是大家卻興奮地大叫起來。

「老刁，老刁，老刁……。」

不停而有節奏地呼喝著，愈叫愈大聲，整個房間的氣氛頓時沸騰起來。刁終於站上了桌子，清清喉嚨微微一笑便講了起來。

「你們一定要我講話，我想了想，實在沒什麼好講，如果非要強迫我說，那我就講個笑話給大家聽。」刁似乎喝了不少，兩隻脚站在那兒顫危危地抖著。

「在我家鄉，那裏留傳了一個不知道多少年代的孩子們的遊戲，每年秋收以後我們常到田裏去烤蕃薯，等到土灶燒紅把蕃薯撫入土中以後，大的孩子常會騙小的孩子說，有餓鬼會來搶掉我們的蕃薯，所以便指定一個遙遠的目標，要小的孩子們大叫大喊地把餓鬼趕到那裏去再回來。於是小的孩子們接受到這個使命便很高興地追呀喊呀往那個目標跑去。等到他們回來之後，挖一挖，發現蕃薯沒有了，藏在地下的只有大孩子們留下的石頭和大便，但是他們卻以為他們沒有盡力，所以甘譆才給餓鬼搶走了；便很傷心地哭起來呀。」

說著刁高擧起酒杯大喝了一口。

「這便是中國的唐詰訶德的故事，怎麼樣？好笑嗎？」說完自己發出一長串沙啞的笑聲，聲音在室內廻盪著，顯得空洞而淒涼。

但是卻沒有人跟著他笑，我看看四周，大家都緊握著酒杯默默滴下淚來。我心裏一陣酸楚也跟著湧出一泡淚水，在淡淡的燭光下，我激動地審視大伙那晶瑩而珍貴的淚珠，想著，懂得流淚總還是好的吧，尤其在這麼年輕的時候……。

烤乳豬的方法

一

猪牯嫂擔著兩大桶的飼料，剛走近猪欄邊，裏面的十幾隻小猪仔便亂叫著擠上前來，不停地甩動牠們的長嘴巴去碰擊旁邊的兄弟們，爭相地湧到食槽邊，占據好了位置便仰起牠們的長嘴巴，掀動著烏黑黑的鼻孔洞，喂伊，喂伊吼叫起來。

猪牯嫂看著牠們那副饞模樣眞是又惱又愛，多麼像一羣可愛的囝仔呀，那烏亮得反光的毛的顏色，說明牠們是受到很好的照顧的猪仔。

猪牯嫂放下飼料擔站在猪欄邊，看著猪欄內擠來擠去的小猪仔，心裏充塞著陣陣的喜悅。

喂——伊，喂——伊。

這種又尖又高的聲音齊吼著，一波接一波地幾幾乎要把猪舍的屋頂給掀翻了。

——知啦，知啦，餓鬼搶粄子樣，沒看過這款猴樣式。

猪牯嫂咕噥著一脚跨進猪欄裏去，用手將食槽裏隔宿的殘渣撈撈倒掉。一手伸回來，提起一桶調水的飼料嘩啦啦一古腦兒倒到食槽中去，周圍馬上起了一陣騷動，那羣小猪仔橫衝直撞地湧來湧去，爭相把尖嘴巴伸進食槽中啪啪響地搶吃著飼料，還不時抬起頭來咬旁邊的兄弟，一副極不情願和別人分食而想一口獨呑的模樣。

——你這猴古佬，要吃就乖乖吃，怎般使出這副偏頭樣！

猪牯嫂彎下腰去打那隻最大最兇惡的嘴巴子，把牠用力撥開到一邊去，騰出些空隙來讓那隻最弱小的也能夠擠上來吃飼料。

十三隻小猪仔就這樣整齊地分列在長食槽兩旁，除了眼前這一隻比較瘦小之外，每一隻都一般高大，從背上看過去眞是好看極了，小尾巴還此起彼落輕輕擺動著，聽牠們唔唔不停的鼻音好似很滿足似地。猪牯嫂看著牠們這副戇態，情不自禁地便伸手去摸牠們的背，是那樣用全部愛心去摸，就像摸初生的嬰孩，稍微用力就怕摸破一般去摸，那種暖暖地輭輭地微微抖動的小身軀，眞是說多令人疼惜就有多令人疼惜，她逐一地撫摸牠們，摸到最瘦弱的那一隻心便疼了起來。

——猴古佬，噯，要多吃點，快快趕上牠們呀。

猪牯嫂喃喃地說著，不停地輕撫牠的頸項，牠卻畏縮地躲開到一旁，停下來不吃了。

——噯，噯，你就是嘴斗差，有吃等於沒吃地，才這般排骨樣。

她彎過身去把牠抱過來，攬在懷裏，一面便用手撈起槽裏的飼料送到牠嘴邊去勸誘牠吃。喂——伊，喂——伊。

有幾隻猪仔抬起頭又在起勁地吼叫起來，她看看食槽裏已見了底。

——這些猴古佬眞能吃了！

猪牯嫂笑罵著，放下手中的小猪仔，站起來走到欄邊再把另一桶飼料提過來倒到食槽中去。放下木桶，猪牯嫂把兩隻手挿在腰上，露出愉快的笑容看著牠們搶食喧鬧。這批猪仔這麼能吃，一定會比以往的長得快，這回一定要賣個好價錢，噲，一定要和那個短命的猪販子爭到底，他再敢出那款夭壽價錢我就一掃把給他，哼，要便宜貨到墳地撿那些五爪的，我——猪牯嫂可沒這麼衰肖，我沒有便宜貨。

猪牯嫂愈想愈得意，幾乎忍不住笑出聲來，她便如此暢快地在猪欄中站著，等到猪槽裏的飼料全被吃光了，那些猪仔懶散走到一角睏覺，鄰居們的燈都亮起來，才警覺到晚飯還沒有煮，在糖廠做事的小兒子阿清就要回來吃飯了，慌慌忙忙地擔起兩隻空桶子急急離去。

二

猪吃的飼料又沒有了，猪牯嫂得到莊子裏的飼料店吩咐他們給送來，猪牯嫂的家在山脚下，只有一條蜿蜒的小泥土路通向莊子裏，她又不會騎車，每次都得拜託飼料店的阿東仔用機車載過來，阿東仔這個囝仔也眞好，是那同年姊最細漢的孩子，叫他送飼料他總是好啊好啊一臉誠摯的神色。

——阿姑身體猶安健呀，還養這麼多猪牯，我阿母就比不上阿姑，走到雷音寺去燒香，回來就叨念脚酸。

——阿姑勞碌命，那有你阿母命好哦！

——那裏話，身體康健就是福啦，我阿母眞沒阿姑的福啦。

猪牯嫂嘴裏雖然一直叨念自己是勞碌命，受阿東仔一番誇奬卻也很受用。

可不是嗎?康健就是福，子女長大了隨他們出去開創他們的天地，他們都是不喜歡種田的，那麼就自己來種，收成不够人工錢，就自己養幾圈小猪仔來貼補，土地種了幾代人了總不能說不要就不要，這樣有時雖也忙得烏天暗日，卻也比較心安理得。所以滿祥仔一再要我搬到臺北去和他們住，我才莫要，人勞動習慣了，一旦要過飯來張口衣來伸手那款懶骨頭的日子，身體一定要出毛病，到臺北去享清福?轎車送我去我也不去！我養我的猪牯，勞碌雖然是勞碌，每天過得快快樂樂，我猪牯嫂不養猪牯那怎麼配叫猪牯嫂。

猪牯嫂邊走邊想，感到有些口乾起來，日頭火炎炎地照著，出了一身軀的汗，她停下來看了看，看到路旁的稻田邊有一管地下泉，她走過去用雙手捧了幾把暢快地喝了。

喝過泉水，拿下頭上戴的斗笠，邊走邊扇著，無端地又想起她兒子昨晚講的事來。

阿清仔講的話不知有眞確無？伊講什麼外銷日本的豬仔現在不要了，這麼說日本仔突然變得不吃豬肉了嗎？他們都改吃齋了嗎？那要不然怎麼說不要我們臺灣的豬肉了呢？聽阿清仔講糖廠養的豬仔有幾千幾萬隻，假如全部傾銷出來豬價便要大跌了，那麼說……我豬牯嫂的豬仔要變得不值錢了嗎？不，我看是阿清仔的情報有問題，一定是聽到別人亂亂講。昨天我和金祥仔買兩斤豬肉，上肉一斤都還要六十塊，豬肉都沒有落價，豬仔怎麼會落價！一定是他們亂亂講！

豬牯嫂一面晃動著頭殼想晃掉這沒有影跡的恐懼，一面便喃喃地安慰自己；一條兩公里多長的泥土路，不知不覺便走到底了。走進莊來，左一聲右一聲的「豬牯嫂罕見了」禮貌的寒暄，心頭也快活起來，忙不停地點頭回禮，方才那不必要的憂心馬上便拋到九重天去了。

走進合美飼料店，便看到阿東仔坐在桌前劈劈啪啪打算盤，旁邊還圍坐著戇牛伯、阿桂伯、樹妹嫂、蛤蟆嫂，正在嘰嘰喳喳不知道爭論什麼。

「阿東仔，忙呀？阮厝飼料沒有了，拜託你再幫我送五袋去。」

「哦，阿姑，坐，坐，坐一會，我先和戇牛伯算一下帳。」阿東仔抬起頭來招呼豬牯嫂坐下，圍坐著談論的人也回過頭來和她打招呼。

「戇牛伯，一共是三萬四仟五，沒多一角沒少一角！」阿東仔看了看算盤向戇牛伯說。

「這麼多？×——阿東仔，你算盤不要亂亂撥，我連豬欄賣掉都賣不了這個價錢，光飼料錢會有這麼多？不信，不信，再算一次！」戇牛伯脹紅著臉說。

「噯！我阿東豈會歪哥你嗎？都算了四、五遍了，不信乾脆你自己來算！」阿東仔猛地把算盤推到戇牛伯旁邊。「×——你明知道我大字不識一個，我要會算還要你來算？好啦，你再算一次，再算一次。」

阿東仔不情願地又拿起算盤來劈劈啪啪重算了一次，果斷而大聲地說。

「三萬四——千——五！」

戇牛伯一聽，臉上馬上閃過一絲痛苦之色。

「×——戇牛仔，賣大猪賣得哈哈笑，怎麼？算飼料錢就肉疼了？」阿桂伯看著他，有些不耐煩地譏誚起來。

「阿桂仔你講什麼卵帕話？什麼賣大猪賣得哈哈笑，你不知道我婦人家昨天邊看著人家綑大猪邊哇啦哇啦哭嗎？這次賣大猪，每綑一隻平均就虧一千多塊，×——阿桂仔你笑得出來嗎？嗄？你講什麼卵帕話！」

戇牛伯大聲嚷嚷，大家都苦笑地緘默下來。

「好啦好啦，×——三萬四千五就三萬四千五，阿東仔你明天到我家來拿。」

戇牛伯說完便啪啦啪啦衝了出去，像想要一頭撞死在屋外的馬路上一般。

「沒看過這款人！」阿桂伯看着他的背影咕噥。

「噯，也莫怪人家啦，戇牛仔千盼萬盼就盼這批大猪來替他的阿漢仔娶新婦，這次是抓到屎了，猪價一下子落到這款地步，眞是沒天良！」蛤蟆嫂同情地說。

「怎麼？猪牯落價了？」

猪牯嫂這時才感到一陣心慌，急急問說。

「噯，猪牯嫂我就說你住在山脚下要多出來走走，地球都要倒翻過來了妳還不知道？猪牯落到什麼價錢妳可知？一百斤一千六百塊！一個月前一百斤還要二千五，一下子就落了九百塊。」蛤蟆嫂口濺白沫地：「說什麼養大猪賺大錢，我看這次皮都要扯溜了。」

「大猪還好一點，我家養的那幾條小猪仔你知道人家出什麼價？一隻兩百塊！×——那沒天良的猪販子也不怕說了嘴裏長瘡，剛買回來一隻都要四百塊，養到現在三個多月了，光吃的糠都不只那兩百塊！」

阿桂伯也動怒地說。

「有兩百塊你就要偸笑了，我的猪仔他還開價一百五十塊咧！出他媽契哥價錢！一百五十塊我放生也不賣。」

樹妹嫂用力拍了一下桌子，幾乎是扯開來罵了，好似眼前就坐着那個猪販子，恨不得狠狠咬他一口似地。

猪牯嫂聽他們這一說愈發覺得心慌起來，大家都這麼說，那麼阿清仔的話是眞確的了。日本仔眞的不吃臺灣的猪肉了，以前說不吃臺灣的香蕉，便看到田裏到處有人揮鐮刀砍香蕉樹，這一回他們又不吃臺灣的猪肉了，這……這可怎麼辦？

「猪牯落價到這般樣，政府不會不管啦，大家忍耐忍耐再養一段時間，猪價會再起來啦！」猪牯嫂像在安慰他們又像在安慰自己似地。

「想辦法是會想辦法，但是等他們找出辦法來，我們都讓猪牯吃垮了。飼料這麼貴，沒良心的，猪價跌了飼料還猛漲價，說什麼石油漲了飼料不漲不行，那為什麼單單猪價不漲，×——這些商人，都是在用屁股說話！」

阿桂伯又嚷起來，聲音又高又尖像是和人吵架一般，阿東仔好似覺得阿桂伯罵的便是他，把頭垂得低低的。

猪牯嫂心裏又慌又亂，已經坐不住了，她要趕回去看著她的猪仔，那羣又可愛又壯碩像她的孩子般的小猪仔的形象此刻正緊緊纏繞著她。她站起來匆匆往回家的路走去，就像馬上有人要去搶她的猪仔一般。

「阿東仔，下午一定要把飼料送來啊，我的猪仔沒飯吃了。」

她走出門口的時候，急急地留下一句話，也不知道是無意還是怎麼樣，她把飼料說成了「飯」。

三

幾天來猪牯嫂心裏眞是悲愁，看着她的猪仔起勁地吃飼料也沒有了先前的喜悅，只是惦念着外頭的猪價又不知道跌到什麼程度了。整個莊子謠言漫天飛，老是聽到人家喊石油還要漲價，飼料當然也還會上漲，飼料愈貴大家都急著要把猪仔抛售出去，看這般情形還要再往下跌吧，這樣下去怎麼得了，弄到最後恐怕大家都要把猪仔扛到山裏去放生了。

想到放生這件事並不是沒來由的，前幾天傍晚她就眞的看到了一椿。猪牯嫂正好要到莊子裏去，剛走出家門口便和戇牛伯逢個正着，他和他的孫合力扛着一個大竹籠，裏面裝了六、七隻猪仔往山脚下走來，她好奇地站定下來問他。

「戇牛仔，扛到那裏去呀？」

「扛到山裏去放生！」戇牛伯搖搖頭，靈出一絲苦笑說。

「講笑了，這麼好的猪仔扛去放生？」猪牯嫂半信半疑地說。

「這些烏心肝的猪販子，欺人欺到頭頂上來了，我猪仔不賣難道還不可以？×，要落價就讓他去落價，不到我沒褲穿就不會甘心？」戇牛伯抖動著嘴角神情激動地說：「種禾，米落價，養猪，猪落價，×，我就扛去放生，要衰大家一起衰！」

戇牛伯說完把頭一低，便蹬蹬蹬地推挪著他的孫把猪仔往山中扛去，猪牯嫂轉過身來，看著他那歪歪斜斜好似帶著傷痕的脚步發呆，直到他們祖孫的身影漸漸溶失在那巨大而漸暮下來的山影裏。

回來之後，很久一段時間她的腦海中一直都縈繞著那竹籠裏的猪仔的形象，一隻一隻都這麼胖嘟嘟地，戇牛仔也眞狠得下心，噯，說是放生不就是讓牠們自生自滅的意思嗎？這麼可愛的猪仔就這樣任他們去餓死，這……噯，實在是沒天良啦。

猪牯嫂彎著腰清掃猪欄的時候，還止不住重複地想著，周圍十三隻可愛的小猪仔，咕嚕咕嚕叫著，靠到她脚踝上來摩娑，有幾隻還用舌頭來舔她，那種溫溫熱熱的鼻息噴在她的皮膚上，使她感到心裏有股曖洋洋的快意昇起來，幾次不知覺地停下手中的動作，細瞇着眼睛享受這種愉悅，但旋及一個可怕的念頭猛地湧上來，「放生」，有一天也將不得不把這些小猪仔也扛去放生吧，她無端端打了個冷顫，慌忙直起腰來吸一口長氣，楞楞地看着遠方的天空。

「早一點賣了吧！」

猪牯嫂又想起阿清仔的話來。

「我看情況還會更壞，虧本就虧本了，早一點賣掉早一點好。」

「講是這般講，這麼好的猪仔賣這款價錢，我是死也不甘心。」猪牯嫂堅決地說。

「不甘心又能怎麼樣？外銷市場打不開，國內各大企業都養了這麼多猪，現在不趕快賣掉，慢些時候那些猪湧到市場上來，恐怕這些猪仔送人人都不要！」阿清仔苦口婆心地勸說。

「我就不信我猪牯嫂的猪仔會沒人要，我要等一段時間看看，有好猪仔還怕賣不出去？這等賤價錢就隨便賣掉會把人都賣衰的！」猪牯嫂還是毫不動心地說。

於是便等呀等，一個月過去了，猪價依舊這麼賤，雖然聽說前幾天稍微提高了一點，但是飼料卻也跟着飛漲，抵算起來還是一樣，眼看着壓箱底的錢都賠進去了，猪牯嫂不得不心慌起來。

「何必那麼固執呢，早點賣了吧！」

猪牯嫂心中一再地廻盪着阿清仔的聲音，使得她信心開始動搖起來，便埋下頭去奮力地掃着猪屎，好似要把什麼一古腦兒一併掃去一般。

「猪牯嫂。」刷刷不停地埋頭掃了一會，冷不防地不知道誰叫了一聲。她嚇了一大跳抬起頭來，竟看到阿清仔帶着那個猪販子阿財仔站在猪欄邊微笑着看她。

「阿母，我帶阿財哥來看看猪仔。」阿清仔也笑微微地說。

「是啦，阿清仔說妳猪仔要賣，我趕快來看看，妳猪牯嫂的猪仔能賣給我阿財就是阿財的光榮，大家都是同莊人，講起話來都方便一點啦。」阿財仔嚼着檳榔，邊就跨進猪欄裏來。

「噯，猪欄裏這麼髒，不要進來，要談我們出去談。」猪牯嫂看到阿財仔跨了進來慌忙地說。

「沒關係啦，買猪的還會怕髒？習慣了。」阿財仔吐出一口檳榔汁，便蹲下來伸手去摸那些猪仔。

「要賣也可以……不過……也要看行情，看你出得起什麼價啦。」猪牯嫂也跟着蹲下來，引來一隻小猪仔憐愛地撫摸着。

「咕，咕……。」阿財仔邊笑着用手去拍小豬仔的頭邊說：「你豬牯嫂的豬仔我不敢開價啦，還是妳出個價錢，我們再折算折算看看。」

「最近我也不太到外面走動，不知道行情，你買豬的，價錢抓得準，只要不差得太遠你說個價便算數啦。」豬牯嫂自己都沒料到會這樣說，這好似急著把豬仔賣出去的樣子。

「妳這般講，倒教我不好開口。」阿財仔伸手把豬仔從豬牯嫂手中抱了過來，舉得高高地端詳了一會說：「大家都是同莊人，阿淸仔又是我小學同學，我也不會和人高高低低，不要賺妳的錢也莫要虧到我的本就好了，這樣啦，我隨便講個數妳參考參考，那隻小的除外，一隻一百塊！」

「嗄！」豬牯嫂不相信自己的耳朶似地，一臉詫異之色。

「小的除外，每隻一百塊，兩天就來抓！」阿財仔又重覆說了一次。

豬牯嫂霍地站了起來，面孔抽搐了一會，掄起手中的竹掃把竟一陣亂打過去。

「喂……妳怎麼打人呀！」阿財仔雙手抱着頭慌忙地便跳出豬欄外來，滿頭滿臉沾滿了豬屎，臭得他幾乎喘不過氣來。

「夭壽仔，你存心討打是不？這款價錢也敢開口，你存心來羞辱人是不？」豬牯嫂罵着，又跨過豬欄，怒氣冲冲地衝前去。

「喂……妳起老顚了？不賣就不賣，妳怎麼打人呀！我出一百塊敢會沒天良？唔？妳沒到莊裏打聽打聽，現在一隻伍拾塊都不一定有人要！不是妳豬牯嫂的豬仔我還出不起這個價錢咧！」

阿財仔邊拉起衣角擦臉邊大嚷着。

「你講！你這個夭壽仔，你再講！我打給你衰！」猪牯嫂掄起掃把又要打。

「阿母，阿母！」阿清仔慌忙跑過來拉着她的手。

阿財仔看看情形，慌忙地抱着頭逃走，還再三地回過頭來咒罵。

「你媽契哥！一百塊？一百塊我自己不會殺來吃掉？再來我就掃把浸尿打衰你！」。

猪牯嫂看着阿財仔逃去的身影，狠狠地破口大罵起來。

四

「把小猪仔宰來吃掉」本來是那天盛怒之下罵猪販子引來的話語，不想昨天她大兒子滿祥帶着媳婦和孫子從臺北返鄉來渡假，聽到猪仔賤價到這個地步，竟也眞的提議：「一百塊賣掉不如自己宰來吃。」她媳婦還說在臺北的大飯店裏有一道大菜叫着『烤乳猪』可不是平常人吃得到的呢，又說家裏的小猪仔雖然大了一點，但是眞要烤還是可以的。

她看着她媳婦在向兒子們解說烤乳猪如何作法，如何配佐料，又如何入火等等，聽得她火冒三丈，忍了再忍就差沒有破口大罵出來。把孩子般的小猪仔烤來吃掉，只有都市裏的人才有這類夭壽想法。猪牯嫂心中不斷地暗罵着，但一想到那些猪販子可惡的嘴臉和氣死人的話語「一隻一百塊，妳要賣就賣，不賣妳自己留來放生。」卻又有一種類似報復性的恨意在心中翻滾起來。

眞是爬到人家頭頂上來屙屎了，欺人也不是這款欺法，我不賣難道還不成嗎？我就宰來吃掉又怎麼樣！

當她猛省到，她不知不覺地竟也陷入自己所痛恨的想法中時，自己也猛然嚇了一跳。

尤其令她信心大受搖撼的是，她那阿清仔似乎被他嫂子說動了食興，竟趁着機會也慫恿起她來。

「殺一集烤看看嘛，嫂仔說她會作，我們也沒吃過烤乳猪，聽說在大飯店裏要賣到一千多塊咧，一百塊賣給人家那不是糟蹋東西！」

一聽到阿清仔又提到一隻一百塊的猪價，心裏的創傷又痛了起來，滿腔的怒火便遏不住了，無意識地把牙根一咬狠狠說：

「要殺就去抓一隻來殺！」

話剛說完，猪牯嫂心中就湧起一絲悔意，但話已經出口了便又補上一句：

「就抓那隻最小的好啦。」

阿清仔聽到他阿母答應了，便與高采烈地和他哥哥滿祥仔到猪欄裏抓小猪。

一會兒那隻最小的猪仔便被倒提着抓回來了，一路上喂咿喂咿地叫個不停，小孫子也跟在後頭拍手大叫。

「爸爸要殺猪猪，爸爸要殺猪猪。」

豬牯嫂連忙制止他，告訴他不能亂叫，被警察聽到了會被抓去關，嚇得小孫子便不敢叫了。

因爲要殺小豬仔，一家人興奮得像什麼樣地，只有豬牯嫂內心裏有着說不出的悲愁，畢竟是親自養了兩三個月的豬仔，彼此之間有感情了，現在眼睜睜地要看着牠送到刀ロ上去，着實有些不忍心。

太陽一下山，她媳婦就已幫忙燒好了一大鍋滾水，並且把大門從裏面鎖了起來。屠宰場就選定在浴室裏面，她大兒子滿祥說在浴室裏下手方便，殺掉之後把水一沖，血便流失了，處理得乾乾淨淨，而且地點隱秘，除了自己人外誰也不可能發現。

豬牯嫂看着滿祥仔把菜刀磨得霍霍響，邊還得意洋洋地解說如何下手，覺得這過程眞像別人從報紙上唸給她聽的可怕的謀殺案，愈想愈覺得心裏發毛，便推說頭疼想去睡一會，等殺完之後再叫醒她。

「好啦，阿清把豬仔抓進來。」

豬牯嫂躺在床上，耳朵卻豎得尖尖地聽着浴室裏的屠殺過程。

小豬仔喂咿喂咿叫個不停。

「你怎麼死樹頭樣笨手笨脚！一隻手抓住牠的鼻子嘛，讓牠叫那麼響待會人家聽到了。」

「喲——」突然阿清仔慘叫一聲。

「怎麼啦？」

「屌——咬人啦。」

「抓來，抓來，手脚靈活一點，我一菜刀給牠，看牠還咬不咬！」滿祥仔與奮地說。

「屌——牠敢咬我，我來殺！」阿清仔憤怒地說。

「我來！」

「我來殺！」

「我來，我來，你把牠四隻脚抓穩！」

突然一聲又尖又長地慘叫傳進來，猪牯嫂一陣心驚，猛地從床上彈起來，跑了出去，跑到客廳卻聽到浴室內他們兩兄弟吵了起來。

「叫你抓牢，你怎麼放掉？」滿祥仔大聲罵道。

「我……我怕嘛！」

「怕個鳥，那你還敢說要殺，虧你當過兵，殺一隻小猪也怕。」滿祥仔怒罵着。

「喂……抓住牠，別讓牠跑出去！」

猪牯嫂正想走前去看個究竟，卻看到那隻小猪仔從浴室內衝出而且還歪歪斜斜地往客廳直奔而來，脖子上好長一道血口，鮮血淋漓地滴着，一串串地滴落到地板上。

「哇啊——」猪牯嫂一聲恐慌的尖叫嚇楞在當場。

「抓住牠，抓住牠——」滿祥仔提着帶血的刀跑了出來，胸前的衣服紅花花濺了一大灘鮮血，看上去顯得陰森而駭人。

猪牯嫂無意識地張開雙手想攔住小猪仔的去路，卻看到小猪仔仰起頭來，嘴巴張了張，發出哽哽的喉音，像是又憤怒又絕望地瞪向她，猪牯嫂一看到牠的眼神，大叫一聲大驚失色連連退了幾步。

「阿母，不要怕，我來！」阿清仔衝過來用一只鉛桶猛地把牠蓋住，一挖一提把牠提在桶內，和滿祥仔興奮地快步走回浴室去。

看着他們走進浴室，猪牯嫂卻發瘋似地大叫起來。

「不要殺牠，不要……。」

但是已經來不及了，浴室裏傳來淒厲得駭人的一聲悲鳴。

喂——伊。

五

拔光了毛的小猪仔的身軀，被用尖尖的大鐵絲穿過去，掛在燒紅的炭火上烘烤着，猪牯嫂的媳婦熟稔地轉動着鐵絲上的猪體，讓牠各個部分都能烘烤得均勻，一邊還不停地刷上佐料，慢慢地小猪的軀體烤出油了來，不時地滴到炭火上發出淒淒不止的聲響。

「哇，好香！」阿清仔掀動着鼻翼，像迫不及待想一口把牠呑下去似地露出貪饞的神色。

「烤乳猪的方法就是要用溫火慢慢烤，烤到牠不斷滴油，表皮變得焦黃焦黃，看上去好像只要用力一扯，就可以把皮扯下來一般才嫩才香。」猪牯嫂的媳婦盯着烤小猪，經驗十足地說。

「喂，嫂仔，讓我來，妳休息一下。」阿清仔接過他嫂仔的工作殷勤地說：「這佐料就這樣刷嗎？」

猪牯嫂坐得遠遠地看他們表演，目光不期然地落到炭火上烤着的猪體，彷彿又看到了那脖子不斷地淌血，怒目瞪着她的小猪仔似地，慌忙地別開頭去。

這麼活生生的可愛的小猪仔，一轉眼工夫就變成這個模樣兒，猪牯嫂的心中隱然感到一絲創痛，前些天還特別因爲牠長得比牠的兄弟弱小，每餐都特地照顧牠，把牠抱在懷裏慢慢地餵牠呢，曾幾何時竟把牠逼上了炭火，逼上了鐵架。

想着，猪牯嫂心中的痛苦更加綿綿密密地糾纏起來。

也不知道如此呆坐了多久，直到她的兒子們催促着她吃飯了才驚醒過來，溫吞吞地走到餐桌前去。

烤乳猪被用特大的盤子盛着，擺在桌子中央，這就是今天晚上的大菜了，全家人都興致勃勃地舞動着刀叉，躍躍欲試。

猪牯嫂只感到恍恍惚惚中看到兒子和媳婦拼命地用刀叉去分割那個猪體，把牠肢解得支離破碎，然後大塊大塊地送入口中。

「噯？阿母怎麼不吃呀？嫂仔烤得很好，又香又嫩咧，來，試看看，吃一塊！」阿清仔殷勤地劃下一大塊肉放在碗中推近過來。

「嚐看看！嚐看看！」兒子和媳婦們都微笑地看着她，再三地慫恿。

猪牯嫂拗不過他們，便顫危危地夾起那塊肉，勉強放入口中嚼咀着。只覺得鹹鹹地辣辣地還帶點血腥的味道，嚼着嚼着竟然湧出一大泡淚水。

「怎麼啦？」大家都爲她這突來的反應嚇住了，訝異地問說。

「烤乳猪不好吃，太……太腥了……。」猪牯嫂說着猛然便止不住地抽泣起來。」

遺書

事件

我在五月七日的報上，看到一則大學二年級女學生在野柳跳海自殺的新聞。死者名高佩芬，長髮，着男性花色襯衫，藍色牛仔褲。

人們在岸邊找到了一雙鞋子，一只手提包，裏面有兩張車票、一本記事簿以及一些零碎的硬幣、名片、印章、口紅、鎮痛藥……。其中，最引人注意的是五封書寫着收信人地址、姓名的遺書。

高佩芬的父親

我就是阿芬的老爸，說到我阿芬，我作夢也沒想到這麼一個聰明的孩子會去走這條道路。你說她自殺的原因嗎？說實在的，起初我七想八想也想不出一個頭尾，不過，想久了，我慢慢想通爲什麼我阿芬會走上死路了。（沈默，有個大約一分鐘的時間，可以看得出來，他是極度傷心而強忍着淚水，聲音顯得沙啞而令人感到悽愴。）

講起來，這件事情，從頭到尾攏總是我的不對啊。哦！先生，你先請坐，呷一杯茶，我們再慢慢來談。——從那裏開始啦？對，那天，就是我阿芬自殺的那天晚上，我眞老昏頭了，我大大罵了她一頓，還把她拖到她阿母的遺像前叫她下跪懺悔。當然我不會不講理的去罵她，雖然我脾氣是不大好，我也不會無緣無故罵我的阿芬。講起來你可能不相信，自我阿芬出世我都不曾責罵過她，那天我爲什麼突然起癲呢？這件事情假使要認眞追究起來，實在是一言難盡啊！本來，我是不太願意講，尤其現在我心情這樣壞，就是講，一時間也不知道如何講起，不過，旣然你講你是輔導過我阿芬的社會——哦！社會工作員，要調查阿芬自殺的原因，好啦！我就攏總講給你聽啦。

我阿芬，自細漢就是一個不幸的囡仔，當伊三歲的時候，我牽手的就因爲車禍比我先走一步了。先生！你看到啦，我是一個只有一隻手的人，在這個社會上，雙手健全的人都還常常找不到滿意的頭路呢，何況我又是艱苦人家出身，沒有讀什麼書，因此選來選去，換來換去我做得最久的頭路就是拾破爛，這個工作做起來很髒，很臭，也很不衞生，但是，爲了我的阿芬，我那個從小學、初中一直到高中老是考頭名的阿芬，我總是幹得很認眞的啊！

其實，有誰心甘情願地眞正喜歡幹這一行呢？——喂！老頭子，你在這邊亂翻亂搞什麼？鬼鬼祟祟地，再不走，我叫狗咬你了。幹伊娘！你想想看，做爲一個男人，聽入這款話，還像個男人嗎？每天晚上，我在昏暗的燈光下把白天裏賺來的幾十塊硬幣，一個個放入床底下的破缸子裏去，聽到一聲聲噹噹響的聲音，我的目屎就滴落下來了。我想到有一天我就要用這些錢去讓我的阿芬讀大學，等她將來有了好頭路，我就不必再背着籮筐被狗追得像賊一般了。

後來，我的阿芬果然考上了一所著名的大學，放榜的那天，幹！我拿着報紙四處去告訴那些驚訝地看着我的人。——我的阿芬，考上了大學！你看看，高佩芬，考一次中兩個學校呢，幹！要不是我錢不够，我一定同時讓她上兩個大學，拿兩個博士回來。後來，有人告訴我，大專聯考一次只能考上一個學校，另外一個是同名同姓的不是我阿芬，而且大學畢業也還不能算是博士。幹！隨伊去講，一定是伊自己女兒沒本事考上才那樣講，明明是兩個高佩芬，白紙黑字，我阿芬考上兩個學校。先生，你都不知道，那份報紙沒一小時就被人家搶來搶去搶破了，我趕緊又去買一份。幹伊娘！那天我不知買了幾份報紙，撿破爛的買報紙，還不是爲了我的阿芬嗎？

你說上大學以後嗎？起先是很好啊！當我辛苦了一天回來之後，大學生的阿芬仍然會像細漢的時候一樣，馬上爲我倒上一杯茶，仍然會坐在我的懷裏撒嬌，讓我歡喜得呵呵大笑。那時，我常常歡喜得笑出目屎來，我阿芬還會告訴我，說大學教授怎樣和中學老師不同，又說她班上的學生怎樣自由，要上課就來上課，不想上課竟然敢當着教授的面就抱着書本走出去。我總是瞪大了眼睛覺得很奇怪啊。讀大學不是爲了求學問嗎？既然不愛上課，又何必浪費錢去讀大學呢？還好，阿芬說她在學校是乖學生，該上課就上課，該讀書就讀書，先生，我阿芬一直是這麼好的查某囡仔啊。（悲慟，陷入短暫的沈默。）

當然啦，我阿芬上了大學以後是慢慢變了，跟以前慢慢不同了。她燙了頭髮，上課不背書包了，總是抱着厚厚的書就出門去了。她還愛穿那些古古怪怪的衣服，例如一件好好的衣服剪得一絲絲的，眞叫我心疼，但我阿芬說那是流行啊！有時也會說，阿爸，你不要這麼老古董，不開化嘛。有時又說，阿爸，你不要笑死人，現在時代不一樣了，人家早就不這麼想了。每次聽我阿芬這麼說，我的心眞是辛酸無比的啊！除了拾破爛和我的阿芬，我那知道時代怎樣不同了？後來，漸漸地，連我阿芬說的話我也聽不清楚了。她一下說臺語，中間夾兩句國語，說不一定還有幾句番仔話（英文），我怎樣聽懂呢？再後來，要是有同學來找她，看到我就說——我阿爸。說完就別過頭去了。

我阿芬在寫功課的時候，我常常默默坐在一角，仔細地看着，看不出我大學生的阿芬到底和以前有什麼不同。坦白說，先生，我眞的看不出來有什麼不同啊。但是，我心裏還是清楚的，我知道我阿芬跟以前不同了，這是我很驚怕的事啊！到底我的阿芬還會變多少呢？

有一天，我阿芬突然對我說：「阿爸，你能不能不再去拾破爛？我同學看到了都輕視我、迴避我呢！隨便賣個菜也強多了吧！」

我沒有足够的錢給她添新衣服，她也竟然生氣地說——不要那麼小氣嘛！你留下那麼多錢幹嘛？養老嗎？我以後會賺錢養你啦！就算我養不起，現在有很多養老院嘛！

先生，我阿芬說出這種話來，我怎麼不傷心呢？我哭倒在我牽手的遺像前，當我醒過來的時候，我恍惚看到我牽手那張佈滿紗布的臉，口裏輕輕的叫着，阿芬，阿芬……

不過，到底我還是愛着我的阿芬的，我眞的改行賣菜了，我也漸漸習慣了我阿芬的種種改變，由她自由自在吧！到底我不是大學生。

上天，假如就這樣下去也不錯啊！我的阿芬可以順利大學畢業，可以找個好頭路，甚至找個好尪婿過幸福的日子。可是我的阿芬卻越變越讓我心冷了，有一天，人家竟說我的阿芬在和一個比我老的窮教授談戀愛。這不是地球翻過來了嗎？叫我怎麼能忍受？我發瘋了，發狂了，對着她便破口大罵，她又用她那又是國語又是臺語又是番仔話來頂撞我。我這做阿爸的尊嚴到那裏去了？我就喝斥她跪在我牽手的遺像前，叫她要叩頭懺悔。

後來，我就跑到教師宿舍去，去找那位老不羞理論啊。那時天開始刮大風下大雨了，我越走越冷，走到半途，我支持不住就又回來了。回到家，我的阿芬意外地竟然不見了，然後，然後……第二天，人家便在野柳那邊發現了她（哭泣不止）。

先生，你看，這都是我的錯啊。要不是我痛罵她，罰她下跪傷了她的自尊，我阿芬也不會自殺的。你看，先生，她留給我的這封遺書，還口口聲聲說她對不起我，先生，你評評理，這到底是誰對不起誰啊？我這逼死女兒的老頭。（搥胸、擊掌、呢喃。）——是我害死了我的阿芬，是我害死了我的阿芬……。

白教授

見到白教授已經是訪問過阿芬父親半個月以後的事。自從阿芬自殺以後，白教授便從學校請了假。

有人說，他因爲阿芬的死感到內疚，躲到獅頭山一所廟裏去面壁懺悔。也有人說，曾經看到他偕着一個美麗的小姐出現在日月潭。更有人誇大其辭說，白教授出國去再也不回來了。另外還有人說，白教授在南部有老婆兒子，阿芬自殺後趕回南部的家請罪去了。反正，白教授突然從學校失蹤半個月，引起許多繪聲繪影的謠言之後，又悄悄地回到學校了。

第一次看到白教授，着實大大地出乎我意料之外。傳聞中的白教授是一個學西方音樂，風流倜儻不拘小節的人，而我看到的白教授卻留着一束雪白的鬍鬚，五十開外的年紀，很清癯，頭髮已經白了卻很有神地往後梳着，兩眼眉的尾巴拖得很長，嘴唇稜線清楚，像是雕刻在大理石上的線條一般，給人一種超俗而又不嚴而威的感覺。像這樣一位和藹的長者，說什麼也很難令人把他和一個二十歲左右的清秀女孩子聯想在一起。我不禁懷疑傳聞白教授和佩芬戀愛的事到底有多少分眞實？尤其是當我和白教授在他那間擺滿了書的書房裏見面的時候，他旁邊正好坐着一個打扮入時而又美麗的小姐，她的手很親密地攀着白教授的臂。

我說明了來意之後，白教授沈思良久，然後說——吳先生，你是想了解高佩芬那方面的事呢？

哦！我是說高佩芬不是您的學生嗎？關於……

你是想了解她向我學琴的事？

不！我是想冒昧地，請教您關於……關於……

沒關係你盡管說好了。

我是說，不知道外面對您和高佩芬的傳說，是不是眞實？

外面傳說我們什麼事？

關於您和高佩芬戀愛的事，白教授請您原諒我如此直說。

荒謬！

× × ×

是的，高佩芬是我最喜歡的學生，但絕不像你在外面聽說的那麼一回事。

說起來，我收這個學生還眞有幾分機緣，也許你不相信，雖然佩芬是兩年前進入我們學校的音樂系，但是早在五、六年前我已經認識她了。

那個時候我的宿舍還在她家屋後的那條巷子裏面，巷子前面有一片草坪，經常有一羣小孩子在那裏嬉戲，每天傍晚當我從學校回來坐在窗口練琴的時候，很奇怪地我就會發現一個十五、六歲的女孩總是望着窗口，很注意在聆聽，每當我拉完一首曲子，她就拍手叫好，我也揮揮手向她表示感謝，如此我拉琴她拍手地過了好長一段時間。有一天，她跑過來自我介紹，說她名叫高佩芬，住在這附近，知道我是大學教授，想跟我學琴。

後來，我搬進了宿舍，失去了聯絡，學琴的事便也沒有實踐，對這沒有深入交往的女孩，我很快便忘了。直到去年，在我教的新生班裏，我赫然看見「高佩芬」三個字，我把她叫了起來，果然是她，不過這時候的她已經不是清湯掛麵穿着牛仔褲和男孩子打棒球的小女孩，我感到很喜悅，心裏有一種逢到老朋友的感覺。

很自然地，她又向我提起學琴的事，我當然義不容辭地收了她。我所以收她做學生特別照顧她，除了她是我多年的知音的原因外，最主要的乃是我一個人隻身在臺，妻子女兒都陷在大陸，因此我潛意識裏便一直把她看成我的女兒，平常我拉拉她的手，摸摸她的頭髮也覺得是極其自然的事。

一直到最近，我才感覺事情似乎變得比較複雜了。

喂！你看看，那就是白教授……。

看不出來嘛！這麼一大把年紀了，怎麼可能……。

這妳就不知道了，哼！悄悄地吃三碗公半……。

我和她走在校園中的時候竟聽到同學們這樣說我。我感到很憤怒。一個男人和一個女孩在一起就一定是那種感情嗎？像我這麼一大把年紀的人！在我們的生活裏，除了愛情就不容許我去對一個異性表示親切與關懷嗎？我是她的老師，我們的世界只能容許如此狹隘而可笑的看法嗎？

我開始害怕人性的多疑，開始忌憚於人的流言，我拙於向佩芬擺出老師的威嚴去告訴她外界的荒謬流言。我不敢肯定佩芬是否有着人們所傳說的那種感情，要是沒有，我這爲人師表的竟然把別人的流言說出來，豈不是顯得太孟浪嗎？

於是，我只有慢慢疏遠她，不再手拉著手到校園中散步，不再搭著她的肩膀陪她去逛街，我在我們中間慢慢地築起一道牆，牆愈築愈高，終於那一天晚上倒了下來，壓死了我的佩芬！（一段時間的死寂，白教授點起了一根煙，大口地抽著，顯然在掩飾那一份激動。）

那一天晚上，我記得外面刮著大風，下著大雨，有幾個記者帶著一個漂亮的小姐突然到我宿舍來拜訪我，經過他們介紹，我才知道她就是我二十多年未曾謀面的女兒，她逃出大陸經由香港到臺灣來了。哪！你看，這位就是我的女兒，那天晚上我簡直興奮得快瘋了，冒著大雨拉著她想出去外面的飯店慶賀一番。

走到大門口便逢到佩芬了，站在大雨中，看到我摟著我的女兒出來，愣了一下，然後轉身便跑，我跟着在後面追並且大聲地叫她，我想她深夜裏來找我一定有急事。

但是她跑得太快了，一下子便隱入夜色中，我當時想，第二天我再去找她談談，看看到底是怎麼一回事，所以也就沒有繼續追下去。到了第二天人們在野柳海邊發現了她，一個永遠再也聽不到我解釋的阿芬。

× × ×

「相見時難別亦難，東風無力百花殘，
春蠶到死絲方盡，蠟炬成灰淚始乾。」

——這就是佩芬留給我的遺書。

離開白教授的宿舍，已經是深夜十二點後了，白教授送我到巷口，臨別前我還聽到白教授一再自責道：佩芬的自殺完全是我的錯誤。

給男友林新垣的遺書

新垣：

當你接到這封信的時候，我已經在另一個脚不着地不染塵煙的世界裏了。

本來，我是想見你最後一面再走的，但是風刮得這麼大雨下得這麼疾，你書房的燈熄了，想必你已經入睡了吧。

我憂慮，我惶惑地在大門外徘徊了一會兒，頭腦完全昏亂了，我是多麼想見你一面，心裏有着許多許多的話想告訴你，然而你一直沒有醒來，外面的狗又叫得這麼凶，我只好離開了你，趁著你熟睡的時候。

離開你，新垣，我並不是毫無掛慮的，我一直無法忘懷昨晚那一場激烈的爭吵，那是如何令我悲哀與絕望的一件事，你的話一再地把我帶入極端痛苦的世界之中，你質問我外面傳聞我與教授的事，我如何向你解說呢？如果像你一樣愛我至深的人都不瞭解我這份感情，我如何冀望別人來瞭解我呢？新垣，我也知道我和白教授之間這種不尋常，錯綜複雜的感情是很容易引起人家的誤會的，我曾多少次地想去忘掉它，但是每當我有這種想法的時候，天哪！不知道爲什麼我便會感到莫名的恐懼和徬徨，我總是覺得我離不開他，總是覺得我應該照顧他，像他這麼一個孤獨而絕望的老人，我離開他，他必然活不下去，是的，新垣，對於他我願意奉獻出我所有的關切與愛心，只是你責問我，這是不是愛情的時候，我眞的不知道如何來回答你，每一個最理智的女孩子碰到這種事，我想都會感到迷惑、糊塗的，於是，當你硬逼著我必須馬上和白教授斷絕來往的時候，我不禁爲你的橫蠻無禮感到萬分的痛苦與難過啊。新垣，我和白教授之間的那種深邃而恆久的感情，豈能像草尖上的露珠，小水澗的流水，說斷就斷一下子便完全消失嘛？

你咒罵我和莉萍的關係，更是沒來由的不講道理，莉萍是我從小到大最好的朋友，平常玩在一起，睡在一起，擁抱在一起又有什麼不對？你竟也和一般人一樣盲目地誣指我們是同性戀，不正常的性變態者！新垣，你用那麼多醜陋的字眼來傷害我攻擊我，使我完全覺醒了。你以前說愛我，原來你始終愛的只是虛幻的我，你無法忍受人性面的我，當你發現我在感情上竟顯得和一般人一樣矛盾、迷惑與無助的時候，你便無法忍受了，你開始唾棄我輕視我，新垣，我不能說這是你的錯，只是從認識你開始，我的生命便錯了，我的生命本該只是超俗而理想的虛幻，因此，新垣，現在就讓我去彌補這一項錯誤吧。

以前當我聽到日本的武士有爲理想而坦然殉身的行爲常不自禁地戰慄與恐懼，而今，我終於相信了，死亡比之於愛情的理想竟是如此的微不足道啊！我也要去爲我的理想而奔赴死亡，我既然不能保存你對愛的幻想，我只得爲你斷送我的生命，我是絕對無法如此沒有你眞摯的愛而繼續生活下去的。

新垣，我一直深深地愛著的，我就要走了，不必爲我的死而感到悲傷。無論如何，我的一生，生也爲你，死也爲你，有我如此忠心而眞誠的感情，你可以滿足了吧！

窗外風雨淒迷，在這裏沒有你，我感到無邊的冷，夜色正沉，朦朧之中似乎又看到你熟睡的面容了，多美，新垣。

……………

佩芬留　五月四日

先生，這……這就是……你想知道的……（嗝）佩芬……佩……芬留給我的遺書。

（嗝）……你說我……我醉了……笑話笑話！

不要扶我，不要扶我！我自……自己會走，喂！喂！計程車，計……計程車！是的，先……先生，你看了這……這封遺書，也……也就知道了，佩芬……所以會自殺，完全……完……全是我的原因，是……我……我的原因。（以下呢喃不止）

左莉萍出走前的日記

五月一日

十點鐘的時候佩芬又來了，我們又一起玩了那個墮落的遊戲。

今天我心裏的感受是奇異的，當她的舌尖觸及我的舌尖的時候，我感到像做夢一般地在心中吶喊，多愚笨啊，這些日子來竟然將自己寶貴的人生，分段地睹注於這些荒謬而夢幻的遊戲上。

第一次感受到自己心地的醜陋，想來我心理上的變化已有迫使我重返純良少女的傾向了，這種離開罪惡的念頭，其實很早便已經產生了，只是這絲念頭的產生始終脆弱的很，每次佩芬觸摸我的時候我的決心便開始動搖，也就是說我骨子裏那種趨向於罪惡以求取刺激的慾望又以本來的樣子現形了，每當心情紊亂的時候，佩芬的影像便會趁虛而入，而更可恨地，它具有完全打動我的力量，在她影子的纏繞之下，我驟然發覺我趨附於善良少女的決心，竟然像風化的岩石般只要輕輕地搖晃一下，便片片剝落下來。

我一直不瞭解自己這種荒謬的衝動到底根源於何種道理，就如同所有幻想者在幻想的時候，相信眞有其事一般，我往往很長一段時間不知道自己到底在追逐什麼？只是具有那種狗的精神，無論如何總想跟着主人出門呵護她一般。

我恨這一切，我恨這個黏附着我久久揮之不去的罪惡，它使我感受到難以言喻的恐懼與憤怒，使我不斷地去反芻自己的卑怯與懦弱而帶來長久的不快與羞恥，走開吧！佩芬，讓我安安心心地重新歷鍊我的生命，讓我平平靜靜地走向純良的道路。

五月三日

與佩芬因爲子凡的事，吵了一架，她駡我不忠不義，見異思遷，我盛怒之下，打了她一巴掌，並且跪下來求她不要再來纏我，我需要一份正常的愛情，我需要我的子凡，以前我們之間那種畸型的愛情該結束了。

佩芬先是大哭，然後歇斯底里地大叫著要自殺，我看到她那蓬散的頭髮，咧牙舞手的影像，心裏有股說不上來的恐懼。

五日四日

夜裏，雨下得很大，打在窗上，使人膽顫心驚，突然看到門外面似乎站著一個人，我跑上三樓想看個清楚，那人看到我回頭便跑，遠遠地我看到那一頭長髮，背影像極了佩芬，我試着叫了她一聲，她跑得更快，一下子便消失在夜色中了。整晚，疑懼充滿了我的心房，佩芬來這裏作什麼呢？她爲什麼站在雨中不進來？她害怕些什麼呢？

五月七日

消息證實了，是佩芬沒有錯，據報上說撈上來的時候身體已經浮腫了，無邊的痛苦吞噬著我。要不是我，佩芬是絕不會走向自殺的道路的。

我的罪孽可眞重大啊！我怎麼辦？我怎麼去向高伯父說？我怎麼去向我的良心說呢？

我，社會工作員的敍述

訪問了前面四個人，知道高佩芬留給他們遺書是有道理的，他們是高佩芬生前關係最密切的人，至於我呢？我和她又是怎麼樣一個關係才接到她的遺書呢？這個問題必須追溯到三個多月以前。

那個時候，我剛進入一個社會服務機構，職務是專門做一些青少年的輔導工作，高佩芬是我接的第二個案主，直到今天我還記得很淸楚第一次和她晤談的情形，那一天，差不多是午后一時過了，有個女孩打電話來求助一些問題，我們在電話中談了一會，覺得有些問題的癥結無法在電話中談得深入徹底，於是我約她直接到服務中心來談談。

「妳就是高佩芬？哦！請坐，妳很準時。」

我一面請她坐，一面便在她的對面坐了下來，從進來她始終把頭垂得低低地，長而柔軟的頭髮遮住了大半邊的臉。

「剛才……我在電話中說的事，先生……，你認爲我該怎麼辦呢？」

聲音很不自然，細得我非湊前去無法聽得清楚，她每說一句話便會緊握着雙手，面頰突然地滋潤、紅霞瀰漫頭垂得更低，鼻子以上的部分都陷入那一頭秀髮中了。

經過這次晤談之後，差不多每一個星期，我們都會有一次晤談，令我驚訝的是，每一次來，她都會有新的問題提出來討論，使我爲她那複雜而繁多的感情糾紛感到震撼，一個二十歲左右的少女，竟然背負著如此沉重的包袱，難怪她要顯得如此鬱鬱寡歡，眉頭始終糾結一起，連笑起來都如此戚然了。

幾個星期下來，我一直對她的問題沒有提供眞正有效而正確的建議，事情所以會如此，主要的乃是我一直在認識她個性與思想的初步工作一直做得極不成功，起先我還肯定她是一位文靜、內向、敏感及對任何一件小事都會神經緊張的女孩，但是有一天晚上，當我看到她和一羣衣着不正經的男女孩在中山北路的人行道上打情駡俏，縱聲狂笑，引得沿路上的行人爲之側目的時候，我這唯一的認識也隨之崩潰湮滅了，對於她——高佩芬這個女孩，我墜入了無底的迷惑之中。

而可怕的，這件事情帶給我的，並不僅止於無限的迷惑與苦惱，一切不幸的事一切隨之而來的悔恨，自那一晚——五月四日的那一晚便忽然爆發了。那天晚上十一點以後，外面下著傾盆大雨，雷聲，風搖動樹木的聲音，彷彿到了世界末日似地，我躺在床上看書，心裏覺得煩躁不安，於是我便聽到那一陣陣急促的拍門聲了，我滿腹疑惑的起來開門，門開處豁然站著淋得滿身濕透了的高佩芬，薄薄的襯衫緊貼著身體，披散著的頭髮垂下來有幾綹貼在慘白的面頰上，平素看來美麗而殷紅的嘴唇此時卻死魚般地蒼白，大口地呼著氣，雨水不斷地從口角邊濺出來，整個人的形狀在這黑夜的雨中顯得陰冷而令人不寒而慄。

我趕快把她請了進來，一面給她乾毛巾把頭髮擦乾，一面匆忙著找了衣服叫她換上。從進來以後，她就顯得很神經質，不斷的哭泣，口裏喃喃地好像不斷在詛咒某個人——不，某幾個人，我一再安慰她都沒有用，問她原因她也不講，就如此僵持到深夜一點鐘。

「太晚了，我先送妳回家吧！有什麼事，我們明天再好好談。」

我看她沒有走的意思，又重新說了一次。

她突然抬起頭，用那又圓又大，亮晶晶的黑眼睛看著我，久久才淒然一笑，笑得我心底發毛，我不曾看過如此空洞而又絕望的眼神。

雨停的時候，我在巷口替她叫了一輛車，臨上車的時候，她沒頭沒腦地迸出一句令我不勝迷惑的話。

「謝謝你，吳先生，這些日子來你對我的幫助，我來生不知道如何報答你才是」

聽到這話，我有種不祥的預感，那天晚上我始終沒有睡着。

過幾天，中午十二時左右，在服務中心，有人告訴我高佩芬自殺了——在野柳海邊。

再過了兩天，我接到一位警察先生送來的高佩芬留給我的遺書，內容很簡單，大概在說那天晚上她本來有許多話要對我說，如今只能永遠埋藏在內心深處了。

疑問

經過我一個多月的追蹤訪問，關於高佩芬的自殺事件我得到一些零零碎碎的印象。我試著用一點點從電視影集中學來的推理，對高佩芬自殺前一個晚上的行蹤，大略地有了一個自認爲合理而大膽的結論。

五月四日，高佩芬很晚才回家，回家以後爲了白敎授的事和父親起了爭吵，父親盛怒之下罰她跪下，而當她看到父親夾着餘怒去找白敎授的時候，她開始恐慌，偸偸地從後面出來，想先去通知白敎授。那時天開始下着大雨，跑到白敎授家碰巧看到白敎授摟着一個美麗的少女出來，一顆心在微妙的狀況下受到了傷害，於是便發瘋似地狂奔起來，跑到男朋友林新垣家，林新垣已經熄燈就寢，狗叫得凶，她害怕地又繞到左莉萍家，這中間不知道什麼原因使她遲疑沒有進入莉萍家，在萬般無奈之下，她想起了最後的希望——我，社會工作員。

如此看來，高佩芬的自殺，我掌握着最後的關鍵，也就是說，要不是我那晚的疏忽，高佩芬可能不會自殺吧？那麼我的無能與懦弱才是扼殺高佩芬的眞正凶手吧！

雖然，對於高佩芬的自殺，我塑造了這麼一個理由，但是「冰凍三尺，非一日之寒」，這個理由實在是非常牽強與脆弱的。高佩芬的自殺一定有着更深遠更複雜的原因，這些原因或許不是心理學、社會學或精神醫學的知識領域所能涵蓋的。

總之，高佩芬死後，我仍有着許多難以理解的疑問，譬如：高佩芬是一個無可救藥的極端的厭世者嗎？她的遺書是在那裏寫成的呢（那天下着那麼大的雨）？她從我宿舍離開之後又去了那些地方？爲什麼她死後所安排的五封遺書都如此巧妙地引起每一個人深深的內疚？而堅信不疑地認爲高佩芬的死全是自己的原因？高佩芬是一個多重性格的人嗎？亦或是一個性變態者？甚至我有一個更奇妙的想法：高佩芬的自殺，會不會是她自己先安排好的？如此一連串的問題，高佩芬死後一直困擾着我，並引來幾次惡夢。

過了一些日子之後，我辭去了社會工作員的職務，因爲從高佩芬的事件中，我似乎觸及到人性某一些深奧，矛盾與絕望的部份，面對這浩瀚而玄妙的領域，我完全崩潰了，對於解析人性的工作，我已失去了信心，同時，對於所謂「人性」，我陷入了更大的迷惑之中。我想，還是讓我再仔細地思索一段時間吧，也許這還需要很長的一段時間。

悲歌

傍晚時分，阿木仔從他山脚下的家走了出來，手中提了一把三尺半左右，桃花心木質的木刀，像位卽將奔赴戰場的戰士，心中充滿了悲壯的情懷。他一再把木刀用雙手合握著揚起來試試勁道，猛地一聲暴喝對準門口那株桂花樹斬去，一枝樹椏應聲斷落。

「看你是什麼東西，我就不信制不住你，幹——。」阿木仔口中輕罵著，又連續幾刀往樹身上斬去，直斬得桂花樹傷痕纍纍紛紛落下一大灘的花葉才住手，阿木仔倚著劍看看眼前的景象，很爲自己還有這份力道感到十分滿意，於是踩著自信的步子往山中走去。

自從這幾個月，山中的木薯園連續遭到莫名的破壞以來，阿木仔始終陷在陰鬱的情緒之中，這突來的破壞使得阿木仔簡直亂了手脚，在山中種木薯也已經有十幾年了，從來也沒有碰到過如此奇怪的事情，一夜之間，整片的木薯園子被翻了過來，木薯的枝梗支離破碎地散落在地面上。阿木仔原先以爲是碰到小偸把木薯挖走了，但是仔細地衡量一下情況，覺得似乎又不太像，偷挖木薯的人，照理會在地上留下一些鋤印，況且也沒有閒功夫把木薯枝梗也一併鋤得一段一段地。

「大概是老鼠吧？」阿木嫂如此猜測說。

「講古是不？妳什麼時候見過這麼大的老鼠？」

「獅子吧？」猪哥仔也打趣地說。

「×你老姆！」阿木仔又好氣又好笑地罵。

他私下裏倒是天眞地想過大概是山猴，但又隨即想到就是山猴也沒這份能耐，更何況山猴不吃木薯，沒有理由跑到木薯園中去搗蛋。

這眞是棘手的事情，兇手一直隱伏在暗處狡猾地不肯現身出來，阿木仔好幾次帶著獵狗上山去守候，都沒有找到兇手的踪跡。更氣人的是，這些怪物還似乎能預知他的行踪似地。他到東邊的木薯園守候，牠們就到西邊的木薯園中去搗得天翻地覆，連續幾次撲空之後，阿木仔心中的怒火也被撩撥了起來。

「佈置一些山猪剪看看，我敢斷定八成是山猪做的亂。」富於打獵經驗的樹妹伯聽了阿木仔的描述後如此建議。

「到那裏去找山猪剪呢？」

「我這裏還有幾把，十幾年前用的，大概還勉強可以用。」說著，便到後面的柴房裏拖出十幾把生滿了銹的鐵剪子。

阿木仔把山猪剪拿回來之後，花了好幾天的功夫才把鐵銹磨掉，還仔細地上了一些油，使它們更加靈活，看起來油亮亮地，散發著慑人的殺氣。

事實上，阿木仔並不十分相信山猪的說法，這座山以前雖然有一段時光曾有大羣的山猪橫行過，但是自從人們陸續地到這兒來落戶，並且把山坡地開闢成木薯園之後，山猪羣也隨著獵人的槍聲漸漸絕跡了，尤其這十幾年來，早已沒有再聽說過有誰看到過山猪的影子了。但是，不是山猪又是什麼呢？既然老獵人如此說也就姑妄信之吧；於是阿木仔便把十幾把山猪剪按照樹妹伯提示的要點佈置到木薯園的周圍去。

效果很快地便顯現了出來，第二天雷音寺的和尚氣極敗壞地由鄰居猪哥仔領著找上門來。

「阿木仔，×你老姆，你發神經是不？怎麼把山猪剪放到雷音寺的後山去？害得老和尚早上上山撿柴，差點把脚剪斷了！」猪哥仔指著他的鼻尖怒駡。

「嗄！」阿木仔聞言嚇得臉色蒼白，忙隨著他上山去探看。

老和尚已經被抬回廟裏，山猪剪也已取了下來；好多人正圍著床邊探問他，只見老和尚躺在床上痛苦地呻吟著，脚上纏滿了紗布，白色的紗布上仍有紅色的血跡慢慢地滲出來。

圍觀的人羣看到阿木仔都衝動地跑過來，一陣拳打脚踢把阿木仔打倒在地上，幸好老和尚替他求情，眾人才住了手。

「幹！阿木仔，你給我們聽著，老和尙的脚要好不了，我們就拆下你一條腿賠他！」其中一個向他憤怒地咆哮。

「混蛋，到底是什麼怪物，殺——。」阿木仔走在山路上，邊走邊揮舞著木刀，把路旁的燈籠花樹當做假想的敵人砍得枝葉紛飛。

「今天你要敢出來，看我不一刀斬得你粉碎！」

阿木仔掄著木刀，大步地往山中的木薯園行去，身影在路上拖得好長好長……。

來到目的地之後，天色已經有些昏暗了，阿木仔沿著這塊木薯園仔細地搜尋了一圈，並沒有發現什麼情況，他很洩氣地在附近的大樹下找了塊岩塊坐著，把木刀斜倚在樹幹上，掏出煙無聊地抽了起來。

隨著裊繞昇起的煙霧，阿木仔不經意地把目光投向萋萋的木薯園上。

就剩下這一塊了！

他感傷地想著；阿木仔本來在這片山野上墾闢有四塊木薯園，冀望著種植些木薯來餵養些猪仔，當然四小塊木薯園子出產的木薯，在數量上並不够餵養他兩圈猪仔，但是把木薯收穫之後削成木薯簽子，合在飼料上餵養大猪，確也替他省了一大半的本錢，尤其最近猪價猛跌，而飼料卻猛漲之後，這幾片木薯園出產的木薯更顯出他的重要性了。他的鄰居們很多都因爲負擔不起昂貴的飼料費，逼迫得他們不得不把猪仔廉價拋售出去，而蒙受了嚴重的虧損，唯獨他一個人，靠著去年收穫下來的木薯簽子得以維持著他兩圈大豬。

「總會過去的，只要捱過這段時光情況一定會好轉，」阿木仔在最喪氣的時候總是如此安慰自己。

當然，他也有失掉勇氣的時候，長久地陷身在困境之中，種禾米跌價，養豬豬也跌價，在這片山林內的農家似乎做什麼都離不開絕望的陰影。他們付出努力，把血汗一滴一滴地和在土地上，結出一串串的稻穀，這中間都是如此眞實而無一絲欺騙，但是他們依舊掙脫不了他們的困境。阿木仔好幾次都悲憤地想把豬仔賣掉，把土地賣掉，改行去做別的事業，但是這片土地像是和他的血脈有脫不開的關係似地，每當他有這個念頭的時候，他父親莊嚴的影像便不期然地躍上他的腦海。他的父親是在他十八歲那年過世的。那天父親一個人正在山坳下的水田上挿秧，整個人趴伏在泥田上，等到人家發現他的時候已經氣絕多時了，他永遠忘不了父親那付悲苦的表情，手指僵硬了，還緊緊地握著一撮秧苗。他費了好大的勁，才把父親的手指一個一個掀開，把秧苗從手上取了下來。

「走吧！你必須離開這塊山林，我不希望你再像你阿爸一樣死在田裏。」把父親埋葬之後，他母親如此告訴他。

於是他便携著他的妻離開了生長的家園，到大都會裏工作。他們進了工廠當加工業的工人，但很快地他們便發現他們不適應那種經常爲了加班而日夜顚倒的生活，便又改行學著推木板車去賣肉羮，同樣地他們也發現自己農人的性格並不適宜做個生意人，縱使是這麼小的一門小本生意也不行。

「晚上聽不到青蛙叫我睡不著。」有一天他終於向他的妻說。

於是他們便又回來了，回到這片陰鬱的山林。

「就像這棵老榕樹一般吧，移到別的地方就會長得不對勁。」當回來的路上，路經山坳下那株古老的榕樹邊的時候，阿木仔禁不住如此想著。

回來之後又能做些什麼呢？還不是以前的老樣子，種幾分田，到山上去闢幾片木薯園，多種些木薯，養上幾圈猪仔。

「這輩子便是這樣了。」阿木仔把煙緩緩地吐出來，透過迷濛的煙霧愣愣地望著開濶的山林，「頂多再墾闢些山坡地，再種些木薯，再多養幾圈子猪，住在這山坳下，這便是唯一的希望了。」

但是，到底是什麼怪物在作亂呢？竟連這麼小小的一份心願也不讓我完成嗎？爲什麼要如此迫害我，爲什麼要摧毀我的木薯園，爲什麼要挖掉我生長的根？爲什麼……。

「爲什麼？」阿木仔愈想愈激動，猛地跳起來，對著那片山林怒吼道。

蒼綠的山林兀自地孤立著，並不回答他的問話，阿木仔淒厲的吼聲，逸入山林之中迅卽消失得無影無踪。

吼完，阿木仔呆立了好一會，旋卽一種莫名的挫敗感綿綿密密地湧上心頭，阿木仔無力地把身子倚著樹身緩緩地滑坐下去。

山風漸漸大起來了，從山谷中拂了上來，夾著冷冽的氣勢，搖動着附近的芒草叢，發出沙沙的聲音，陣陣的草浪聲，時而像驟雨般嘩啦啦掩襲過來，時而又像小溪流般琮琮地輕唱著，阿木仔默默地聽著，憂傷的情緒在胸中翻騰不已。

也不知過了多久，阿木仔意識到今天的狩獵又撲空了，正待洩氣地想起身返家，奇怪的事情卻發生了；就在木薯園邊的芒草叢裏，傳出來悉悉索索的聲音，像有什麼東西在裏面穿梭走動一般，阿木仔倏地抓起身邊的木刀，神色緊張地站了起來，把兩隻耳朵豎起來傾聽著。

那奇怪的聲音愈來愈近，愈來愈大，整片的芒草叢都激烈地顫動起來，阿木仔屏著氣，感到心跳加速起來，握著木刀的手也禁不住地顫抖著。

沙沙……。東邊、西邊，整片山林都籠罩起恐怖的氣氛，一種莫名的壓力使得阿木仔幾幾乎喘不上氣來。

猛地，眞兇露面了，從芒草叢中竄出一隻白色的影子，不、兩隻、三隻、四隻……哇，一大羣，阿木仔一時間被眼前的景象嚇傻了，竟是一大羣的猪仔！大大小小從數斤到數十斤，像幽靈一般，忽地在這片山林中顯現出來，阿木仔用力揉著雙眼，以確定眼前看到的並不是幻象。

幽靈般的猪羣這時展開了可怕的攻勢，大的猪仔把尖尖的嘴巴像犂一般揷在地上翻著，把木薯從地上翻起來，每翻倒一株，便有一大羣的小猪仔湧上去把木薯、枝葉狼吞虎嚥一併吃光，這眞是駭人的飢餓地獄圖。阿木仔看著這羣兇惡的豬羣，忽地領悟到了牠們的來源，這幾個月來因爲豬價大跌，他早就耳聞有人把豬扛到這片山上來放生。他始終不相信有這等事，今天總算開了眼界，眼前這批浩刼中的受難者，不就正在摧殘著他生存的根本嗎？如此兇猛地毫不留情地把他的木薯園整個翻過來，恣意地加以摧毀。雖說這種摧毀帶著幾分的無奈，豬仔們也是延續牠們的生命才迫不得已如此做。但是……「有你們便沒有我，所以……。」阿木仔哀傷而憤怒地看著牠們，鼻翼激動地掀動起來，「去死吧——。」

阿木仔緊握著木劍，狂吼一聲往木薯園中衝去。豬羣看到他衝過來，慌忙向四處逃竄，阿木仔緊追上去，對準一隻因爲弱小而跑慢了的小豬仔狠狠揮刀斬去。

喂——伊。

中劍的小豬仔發出凄厲的慘叫聲，斜斜地顚了幾步倒了下去，四隻脚不斷地抽搐著，由嘴角湧出一縷血絲，激烈地喘了幾口氣便死去了。

散開的豬羣並沒有因爲這隻豬仔的死而逃走，飢餓迫使得牠們失去了恐懼，馬上又聚集到一個角落，貪饞地翻起木薯加以吞食破壞。

阿木仔雙手握刀，瘋狂地衝過去，又是一陣砍殺。

喂——伊，喂——伊……。

豬的慘叫聲隨著阿木仔手起刀落陣陣地揚起來。

豬已瘋狂，人也瘋狂，阿木仔殺得眼都紅了，手中的木刀不停地揮舞著，一隻一隻的豬仔，接二連三地仆倒下去，把這一片木薯園變成了陰森而凄絕的生命的屠場。

砍呀砍呀……，夕陽躲入了山後，天色漸漸昏暗下來，阿木仔精疲力竭地半跪下去，把木刀插在地上支撐著體重，靜靜地看著遍地的豬屍，一股悲哀的情緒猛地湧了上來，像木塞般鯁在喉際。他忍了又忍，終於傷心地嗚咽起來，此時憤怒的情緒已消失得無影無踪，代之而起的是無限的悲憫。

「我就成全你們吧，可憐的東西。」他喃喃自語，勉強地站起來，踏著踉蹌的步子，提起血跡斑斑的木刀往殘餘的豬羣走去……。

喂——伊，喂——伊……。

在漸暮的龐大的山影中，那幽長的慘叫聲不絕地傳出來，廻盪在整個山區，譜成了一首歌——一首長久以來便緊緊纏繞著這片山林的悲歌。

出征

月亮高高掛在椰子樹梢，樹底下的禾埕上長長擺了四桌酒席，親戚鄰居們正圍坐著歡笑請酒。酒宴從七點鐘左右就開始的，足足喝了兩個多小時了，場面顯得有些紊亂，大部分的人都有了幾分醉意卻一點也沒有停歇的樣子，反而仗著酒興更加熱烈地喧嚷起來，時而竄起陣陣爆笑聲，使得我們這深處在山坳裏的家，洋溢著少有的熱鬧。

我在席間不停穿梭，忙著端菜送酒；阿爸此時正被叔公們纏著拼酒，雄渾的喝拳聲像要撕裂這片夜幕般。

六連呀——

敲倒呀——

八仙呀——，哈哈……，

喝咧——。

叔公大叫著，阿爸頭一仰，就把滿滿一杯酒喝了下去，周圍馬上響起一片掌聲。

「來來……，騙鬼——，輸人不輸酒，酙——酒，再來。」

阿爸漲紅著臉，把拳舉得高高地，大聲喊著揮下去迸出拳語來。

六連呀——。七巧呀——

我遠遠地看著阿爸那種興奮的樣子，心裏也跟隨著喜悅起來；阿爸好久沒有如此開懷笑過了，自從上一季稻子遇上稻熱病收穫欠佳以來，阿爸一直沈溺在自怨自艾之中，臉上經常陰霾著始終不開朗，難得今晚看到阿爸意外地敞開了胸懷，大杯地喝酒大聲地朗笑，我禁不住也感染了興奮的情緒，送起酒來更加地賣勁。

「來，連昌仔，我滿祥敬你一杯，乾——咧。」滿祥叔八分酒意搖搖晃晃站了起來，雙手把酒杯向阿爸拱了拱。

阿爸和叔公猜著酒拳，聽到滿祥叔招呼，忙站起來回禮。

「不行啦，我隨意，你乾杯。」

阿爸輕輕啜了一口，放下酒杯正想坐下來。

「連昌牯。」滿祥叔很生氣地喊了一聲，把大家嚇了一跳。「你什麼……意……思？呃——難道我敬你一杯酒的資格都沒有？」

「不是啦。」阿爸搖搖手陪笑著說。

「不是就莫囉嗦，呃……，乾。」滿祥叔一仰首把酒乾了，打了一個酒呃，重重地把酒杯往桌上一頓，發出很大的聲音。

原本熱熱鬧鬧的場面被滿祥叔這一吼，倏地便安靜了下來，大家紛紛把眼光投向阿爸那一桌去。

「屌——，你……，呃，要出國了，就看……看不起共褲穿的兄弟了？嗄？」滿祥叔猛地一把揪住阿爸的衣襟。

「噯唷，你喝醉了在這裏亂講什麼？夭壽，快坐下來，不怕人家笑死！」滿祥嬸走過去拉拉滿祥叔，卻被他手一撩踉踉蹌蹌顛了好幾步。

「短命鬼，死沒人埋的。」滿祥嬸咒罵一聲又想衝去拉他。

我看阿爸被這突來的場面弄得手足無措尷尬地站著，忙走過去拿起阿爸的酒杯向滿祥叔一拱。

「滿祥叔，你莫見怪，我阿爸酒量不好，這杯酒我代替我阿爸乾了。」

「阿發仔，呃……，你……走開！屌牛母也要人替？分明是看不起我滿祥牯。」滿祥叔把我的酒杯壓下去，緊瞪著阿爸。

「滿祥牯，你講到那裏去啦，我連昌豈是這款人？屌——，乾——咧。」阿爸搶過我的酒杯，猛地一口氣乾了。

「好！」叔公大喝一聲拼命鼓掌，大家一看也跟著劈劈啪啪起手來；於是僵冷的氣氛又熱烈起來了。

「好兄弟——。」滿祥叔放下揪著阿爸的手，拍拍阿爸的肩膀坐下去。

「滿祥牯，你講什麼卵帕話？我連昌會忘了共褲穿的兄弟？我會讓你們困死在這山坳？罰你一杯酒！」阿爸又興奮又驕傲地漲紅著臉，滿滿酙了一杯酒向滿祥叔一拱；滿祥叔卻好似完全醉了，只顧拿著桌上的筷子敲打著碗，哼哼哈哈荒腔走板地唱起山歌來。

阿爸一轉身，向著大家把酒杯高高舉起來。

「各位親戚朋友，我連昌感謝大家今晚來替我送行，明天一早我就要上飛機了，一杯水酒不成敬意，向大家告別，來來……，乾——咧。」一仰首，咕嚕咕嚕，一大杯酒便見了底。

大家又拼命地鼓掌叫好，阿爸坐下來又繼續和叔公呼喝著猜酒拳。

六連呀——，敲倒呀——八仙，八仙……。

看著禾埕上的氣氛緩和下來，我便走回廚房去幫阿姆幫忙上菜。

走進廚房裏卻看到阿姆坐在爐灶前望著灶裏的火出神，鍋裏燉著的鰻魚咕咕不停地響著。

「阿姆。」我走到她背後輕聲喚她，她好似沒有聽到仍定定地看著灶裏的火。

「阿姆。」我把手放在她肩上，她一驚轉過頭來。

「想什麼呀？」

「哦，火小了。」她拿起火鉗伸進灶裏撥弄一陣。

「夭壽！煙這麼大。」阿姆邊駡著轉過身來揉揉眼睛。

「妳在哭？」我直視著她，心裏一陣激動。

「囈話！」她轉過臉去，把灶裏的柴火撥得劈劈啪啪響，火花四處迸濺。撥著，火卻熄了，她把頭湊近灶口邊用力吹氣，想把火再吹旺起來。

「你阿爸還在喝？」她停了一下問。

「嗯，和叔公他們在拼酒。」

「不會喝酒硬要充好漢，看他明天怎麼起得來？」說著猛不防被煙嗆了大聲咳起來。

「阿姆，我來。」

「不……，不用。」還是不停地咳，好一會兒才喘喘氣止住了。

「我看他今天特別高興。」

「什麼？」

「阿爸從來沒有這麼高興過。」

「他當然高興，明天就要走了，他有什麼不高興？」阿姆很生氣地說，用力地去吹灶裏的火，把灶裏的柴火吹得呼呼響，像恨著什麼想一口氣把它吹垮似的。

「他當然可以飲酒快樂……。」阿姆抬起頭來咕噥著，火燃起來了，我看到她被火光映得通紅的臉倏地湧出一泡淚水。「丢下這麼一大塊田讓我熬，跑到那狗不洒尿的地方去死！他有什麼不高興？」嘴裏咒著，一會低下頭去吹火，一下子又拿起火鉗來伸進灶中亂攪，一付不知所措的樣子。

「阿姆，阿爸又不是去一輩子，兩年很快就回來了嘛。」我拍拍她的肩膀安慰地說。

「兩年？你知道那是什麼地方？沒水沒草，人家誰像你阿爸死戇牯，什麼地方不好死，到那天都沒那麼遠的絕地去。兩年？你說得倒輕鬆，兩年怕不帕一堆骨頭回來！」阿姆恨恨地把牙齒咬得格勒格勒響，我卻爲她一再提到那不吉利的字眼，驚得一陣寒氣湧上來。

阿姆對這件事會這麼憤怒也是有道理的，自從阿爸偷偷拜託在建築公司的堂兄，要他幫忙把阿爸編入他們建築公司工程隊到阿拉伯工作的時候，阿姆不知道怎麼探到了消息，便想盡辦法阻止阿爸，但阿爸卻固執著非去不可，爲了這件事他們也不知吵了多少次嘴；直到半個月前通知終於下來了，阿爸得到了最後的勝利，明天就要出發到那滿是風沙的地方去。

「阿姆，妳莫要聽信人家亂講，阿拉伯那個地方也沒這麼可怕，人家還不是有幾百萬人在那裏生活得好好的？」我勸慰著她，想使她平靜下來。

「人家是當地人適合水土，可是你阿爸，你看看他什麼身子骨？田耕得好好的爲什麼就偏偏要去賭老命？」邊說邊把火鉗敲得啪啪響。

「阿姆，阿爸他……。」

「莫講了，現在講還有什麼用？我才莫要攪他，管他去那裏死……。」嘴裏說著不管，卻又湧出一泡淚水來。

兩個人一時沈默下來，楞楞看著灶中的火愈燒愈大，鍋中的鰻燉得咕咕響著。

過了好一會兒，阿姆站起來拉開鍋蓋，拿了隻筷子試了試盆裏的鰻肉，肯定燉爛了便用抹布墊著拿起來倒到碗公中，頭一沈，逕自端了出去，我也跟隨著幫忙端菜回到禾埕上。

出到外面，卻看到了大家都放下了碗筷把臉朝向阿爸那個方向，阿爸不知道什麼時候站上長凳的，搖搖晃晃地似乎是喝醉了，正在像選舉時的候選人一般，揮舞著拳頭憤慨地說話。

「看看我們這個山坳，這個陰暗沒希望的山坳，我們還留戀什麼？年輕人都走光了，剩下我們這些戇樹頭，還迷信這塊田地可以挖出金麼？銀嗎？老祖公辛苦開墾出來的土地，沒有錯，今天逼得我要離開這個地方，我的心腸也是很艱苦，感到像剪斷肚臍帶一樣痛苦，但是，各位反過來想想看，趁著今天我們還能走還能飛，我們不趕快爬出這黑暗的山坳到外面的世界去打拚，將來等到不會動了不會跑了，再像死湖水中的魚，目珠茫茫等死嗎？」

阿爸激動而顫抖地說著，大家都靜默了下去，全場幾十對眼睛一齊望著他，周遭的氣氛立刻變得凝重嚴肅起來。阿爸的嘴唇不斷地顫抖，似乎想勉強自己鎮靜下來，嘴巴張了張卻沒有聲音出來，兩隻手空茫茫地在空中舞動著抓著，我心裏一陣激動慌忙和阿姆過去拉他下來，剛拉下來，他又重新站上去，如此重覆幾次，阿爸眞生氣了，把我用力一撥退了好幾步，站上長凳又發出沙啞而淒厲的聲音。

「所以在我出國工作之前，大家要我說幾句話，我想了想只有一句話向大家講，離開這裏！這裏埋葬過我們祖先的骨頭，我不希望我們子孫的骨頭再埋在這裏，看看這裏的情形我們還能聽信那些鬼話嗎？還要這樣死戇牯，以爲只要拚命挖拚命掘就能挖出什麼狗屎前途嗎？大家都是在這裏種田的人，一季稻子收成下來，扣掉農藥錢，肥料錢，人工錢再納水租田賦還剩下多少？屌，種田種到這般地步，祖公做夢也不會想到。我們——我們這些死樹頭，我們還蛤蟆浮水樣目晶晶等什麼呀？屌，——所以我要走，我要去出征，我要去打開一條生路——。」

阿爸愈說愈激動，到後來幾乎是用嘶喊的了。

「這個黑暗的山坳，這個沒希望的山坳，你們——你們這些死大戇呀——。」

喊著喊著突然又看見阿爸的嘴巴一張一翕地發不出聲音來，彎著身蹲在凳子上。

「連昌仔，你胡說些什麼？」猛然一聲吆喝，把大家嚇了一大跳，只見叔公盛怒地站起來一巴掌向阿爸揮去，把阿爸打下凳子來，大家嘩然一聲紛紛退開。

「你這個不肖子孫！你講的什麼東西？你以爲要出國就了不起了？這個山坳——這個山坳虧欠你什麼？你這個吃泥長大的，你看不下去要滾就滾遠點，祖公流血流汗開墾出來的土地也能隨你亂亂講？這片土地……。」

叔公憤怒極了，罵著竟喘不過氣來，鼻翼激烈地掀動著，叔婆幫他順了順胸口，他才緩過氣來。

「你們這些後生仔，你們這些沒血沒目屎的，要滾通通給我滾出去，田地沒人耕，我老貨仔會耕，會耕死我做鬼也要在這裡。」

叔公鐵青著臉抖著聲音，一隻手抖呀抖地指著坐在禾埕上的阿爸。

大家紛紛交頭接耳起來，陸續地離去，叔婆攙著叔公也一跛一跛走離了禾埕，幾個親戚過來安慰阿爸，只見阿爸癡傻了一般，呆呆地坐著看向夜空。

熱鬧的場面沒多久的功夫便變得冷冷清清地，留下杯盤狼藉的桌面，東一處西一處的油光在暈黃的燈光下閃閃發亮。我和阿姆走過去把阿爸扶起來坐到板凳上，阿姆緊閉著嘴唇拉起衫尾幫阿爸擦拭嘴邊的血跡。阿爸擡起頭看了看我們，倏地站起來走進屋裏去，一會兒竟拿了一只鋤頭怒氣沖沖地走出來。

「發顛了？這麼晚你要到那裏？」阿姆急急追上去拉他，阿爸睬也不睬加快脚步往外走。

「這神經猴！喝了幾杯老米酒就變成這樣，發仔，你跟去看看。」阿姆眼看拉他不住，向我說了一聲，我急忙緊隨著阿爸往黑暗中走去。

夜色籠罩着四周，冰涼的風吹着，阿爸埋着頭走在圳堤上，在淡淡的月光下，我矇矇矓矓地看到他佝僂的身影，踉蹌的脚步，走得歪歪斜斜好幾次差點栽入大圳中。

「阿爸！」我趕上前去喚他。

「你跟來幹什麼?」阿爸邊走邊回答，聲音冷峻而淡漠、

兩個人一前一後地走在圳堤上，繞過高高的水閘，穿過一片香蕉園，走到山坳外的稻田裏去。

一大片的稻田就由這裏向山脚狹長地延伸出去，高高低低地參差不齊，一條小山溪汩汩地流貫其中，這就是山坳中幾十戶人家生命所依託的土地，此時這片田地已安詳睡去，顯得平和而靜謐，只有東一聲西一聲的蛙鳴黏貼在這無邊的夜幕中；田裏禾子已長得近乎齊腰高了，在銀色的月光下輕輕搖曳着，發出低沈而細碎的聲音。

阿爸停住了脚步，倚着鋤靜靜地看了一會，慢慢蹲了下來坐在田埂上，伸出手來拂拂禾葉，又把禾梗揑揑弄弄，無限疼愛的樣子，我靜靜地看着，深怕驚破這寧謐的氣氛。

「快出稻穗了。」阿爸的話像幽靈一般。

「什麼?」

「再過兩個禮拜就會開花結穗了。」

「哦。」

「今年種的新品種抵抗力強，還好沒遇到什麼虫病，多割個一千斤大概不成問題。」

「阿姆說這種品種熟得快，穀子容易掉，眞怕又像上一季一樣，找不到人割稻把穀子耗損掉了呢。」

「到時候找你舅舅幫忙吧。」

「舅舅聽說要到高雄加工區工作不種田了。」

「怎麼？聽誰說的？」阿爸聲音一揚，似乎很吃驚。

「我這次從學校回來到阿婆家去了一趟，舅媽說的，田都打算賣了還種什麼！」隱約中看到阿爸一陣抖動，把鋤頭一縮抓起站了起來。

「能慢些走就好了，等割了這季稻子……。」阿爸囈語般地望着眼前的稻簇。

「阿姆剛才還躲在廚房裏哭呢，說你田種得好好的爲什麼一定要走？」我嚅嚅地說。

「爲什麼要走！說的什麼囈話？」阿爸猛然把聲音提高起來，像是被什麼激怒了般。

「……。」

「不是逼得沒辦法我會願意離開這裏？離鄉背井去那鬼地方難道是爲了好玩？發仔，你阿姆不了解阿爸也就算了，怎麼連你也不明白阿爸心中的艱苦？」阿爸抬起頭來，瞪視着我，亮亮的眼神在夜中閃着寒光。

「……。」

「虎死不離山，魚死不離水；沒到絕望處，我會離開這片土地？自我懂事以來，我就和你阿公在這塊土地上流血流汗努力耕種，我一直對這片田地整整抱了幾十年的希望……。」

「犂了蕃薯換種菸，我內心是多麼喜歡這片田地，我如此地安份抓泥卵用心血來灌溉它，是因爲我一直相信沒有這塊土地就沒有我，就沒有我的後代，就沒有一切……。」

阿爸聲音一頓，懊惱地把鋤頭往田埂上頓了頓。

「可是，發仔，今天你吃米知道米價嗎？你知道這五分地一個月能賺多少錢嗎？你知道嗎？」

阿爸緊逼着我，我聞到濃濃的酒臭，吃驚地後退了一下。

「稻子割得好，一個月勉強賺個二千塊錢，二千塊呀可不是二萬塊，屌——隨便一個女工一個月也賺這兩三倍的工錢，賺這兩千塊還不簡單呢，還得看運氣，一旦稻子稍微有虫病就要虧本，你想想看，拼死拼活幹得像條牛般，種田種到虧本，屌——，發仔，你說阿爸爲什麼要離開這裏？爲什麼要到那鬼地方賭——老——命？」

阿爸咬牙切齒把尾音拖得長長地，忽然掄起鋤頭來衝下田去，一鋤一鋤地把田裏的稻子挖起來，邊挖邊罵，就像瘋狂了一般，看着他那狂暴的舉動，我一時也嚇呆了，只能眼睜睜地看他在黑夜的田中憤怒地發洩，一次又一次地看着鋤頭的影子舉起又落下，舉起又落下……，好一會兒阿爸大聲地喘起氣來，大概是精疲力竭了吧，啪一聲，冷不防地整個身影一頓便倒了下去。

「阿爸。」我驚慌跑過去拉他。

「走開！」阿爸硬挺着站起來，臉上滿是泥漿，在月光下看着泥漿水一滴一滴沿着頭髮滴落下來。

「屌—他——阿——姆。」阿爸淒厲地罵了一聲，尾音在空曠的田野上延盪，罵完後我才注意到阿爸在強忍着哭聲使得哭出來的只是嘶嘶的呼氣聲。

看着如此絕望的阿爸，心裏有一種被啃嚙般的痛苦。

「阿爸。」我又輕輕呼喚他，伸出手去扶他。這次阿爸沒有再反抗，任由我攙扶着走到田埂上。

「回家去吧。」我輕輕地說着。

阿爸不吭一聲，一動也不動，佝僂着身子坐在田埂上，出神地望向田裏。

我再三輕聲勸他回家，他始終像座巨石般沒有一絲反應，我看看無法說動他，也跟着坐了下來。

微風一直吹拂着，蛙鳴像疏落的鼓聲，陣陣的禾浪在眼前翻呀翻地，如此坐着也不知過了多久。

「你睡着了？」猛地一聲，嚇了我一大跳。

我清醒過來，看到阿爸緩緩站了起來，狂暴的情緒似乎消失無踪了，彎下腰拉拉我，逕自走回稻田中，把挖翻的稻子又重新一株一株扶起來種回去。我看着，領悟到阿爸內心中的意思，也跟隨走下田去，同心協力把這紊亂不堪的田野再整理起來。

扶起來後的稻子有些禾葉折翻了，看起來嬌弱憔悴。聽說稻子的再生能力很強，過些時候也許會再把根伸入土中，吸收養分再茁壯起來吧，我心裏如此默禱着。

「發仔。」阿爸邊扶着稻子邊向我說：「阿爸走了以後，你學校放假就要回來幫你阿姆看顧這片稻田呀！」

「嗯。」

「我唯一放不下心的就是你阿姆，這麼大一片田，眞怕她種不來。」阿爸扶起最後一株稻子，順了順禾葉，伸直腰環顧四周感傷地說。

「萬一眞種不來就勸你阿姆佃給別人種算了。」

「大家都找不到人工，我看也不見得有人願意佃。」我隨口說了一句。

阿爸被我一說，呆了一下，頭一低恨恨地說：

「那就讓它去生雜草！」

說完，大步走到田埂上，把鋤頭往肩上一扛，頭也不回往家的方向行去。

不久就要天亮了，馬上阿爸就要趕去公司集合，坐飛機往那遙遠的異域了。

如此想着，看到阿爸朦朦朧朧的身影，挺直的身子大步邁前，肩上的鋤頭幻化成了一把槍，威武的形像就像是戰士——一位卽將出征的戰士，看着慢慢隱失在夜色中的阿爸的身影，隱隱然地似乎聽到了那戰鬪的吶喊聲了。

斷崖

那個人到底在什麼時候走到那危崖邊的，我並沒有仔細留意。

起初我只是站在高高的山崖邊眺望山下的景色。看那聚集的住宅，彎曲的道路，碧綠的田野，還有那如帶一般柔和的河流，蜿蜒着貫穿整個田野，像一雙臂膀緊緊擁抱着山下的市鎮。我陶醉在這如詩如畫的美景之中，挺挺胸吸了幾口長氣，覺得渾身舒暢，好似疲憊的肢體就在這一瞬間得到了疏解，我忍不住地便向着山下高嘯起來。

高亢的呼嘯聲遙遙地往山下傳送過去，並在山谷中激起幽遠的迴聲。我愈發地興奮，一種童眞的喜悅被煽動了起來，便連連地向着山下發出長嘯。就在這個時候我突然聽到不遠的地方好似也有人高嘯着和我應和，我好奇地轉過頭去看看，發現就在我站立的山頭左邊對面的一處斷崖上，有一個穿着白衣服的人站在那裏，正向着我這邊注視。他與我站立的斷崖之間隔着一道寬約三、四十公尺的深谷，我模模糊糊看到他臉部的輪廓，好似是一個年輕人。

我親切地向他搖動手掌打招呼，但是他好似並沒有看見地別過去，而且竟沿着斷崖的邊緣走動起來。由於他走得如此靠近崖邊，而崖下就是深達幾十丈渺渺茫茫的深谷，我不禁替他擔憂起來。

「喂——。」我把雙手圈成喇叭狀向他呼喊。

喂喂喂喂……。餘音在谷間廻盪。

但是他依舊沒有轉過頭來看我，仍在危崖上來回地走動着，我發覺到他的脚步踉踉蹌蹌，更加令我感到膽顫心驚。

他是一個什麼樣身份的人呢？跑到這危崖上來幹什麼呢，又爲什麼把自己置身到這麼危險的境地上？難道只是爲了尋求刺激嗎？這等尋刺激的方法也未免太駭人聽聞了。

「喂——。」我又揚聲向他叫了一下。

我看到他止住了脚步，心裏不禁一陣歡喜，這回他總算聽到我了；但是奇怪的是他卻沒有轉過身來看我，只見他把手上拿着的東西蒙到臉上去，我仔細地盯視了一會才發現到那個東西好像是一個塑膠袋子，我看着他一會用雙手賣力搓揉着它，一會又把他蒙住臉去抽吸，我猛然醒悟到原來他是在吸強力膠。

以前我聽人家說吸強力膠的人，吸到某一個份量之後意識會變得模糊而墜入幻境之中，現在他不知道已經吸了多少，他一定不明白他現在是置身在這麼危險的境界之中吧。

「喂，危險呀，走開——。」我用盡力氣地向他大聲呼喊。

「什麼一回事呀？你在和誰說話？」一個女孩子從樹底下走過來好奇地問我。

我拉拉她的手，用手指着危崖上那個人向她解釋。

「喂，大家快來呀，有人要跳崖了！」沒想到還沒等我解說完，她就驚慌地嚷叫起來。

一起來爬山的伙伴們因爲太疲倦了，此時正圍坐在那棵相思樹下休息，聽到她的喊叫都匆忙地跑過來。

大家聚集到崖邊來之後，我又向他們解說一遍。

「哇，太危險了，過去救救他吧。」女同學們都大驚失色地尖叫起來。

我衡量了一下我們所處的位置，發現到要過去救他並不容易，雖然兩座懸崖之間僅僅相隔幾十公尺左右，但是卻不屬於同一個山頭，要到他那座崖上去必得先下山，從山脚下繞一個大彎再爬上那座山頭才能到達，至於這到底要花掉多少時間，或者從山的這面是否一定有路可以通到那兒則猶未可知。

大家圍坐着商議，實在找不到更確切可行的辦法，於是只能齊聲呼喊他離開那裏，試試能否收到成效。

「走開，喂，走開——。」

走開走開走開……。聲浪一波一波地在谷間廻盪。

呼喊了一會，他好似聽到了，回過身來看看我們，迎着陽光我看到他蓬散的頭髮，而且好像笑了笑。

「走開，危險呀，走開——。」我們又齊聲地向他呼喊。

他很高興地向我們猛揮着手掌，我們也趕快拼命揮手示意他離去。

隔着一道這麼深的山谷，這就是我們唯一能夠幫助他的方法了。

慢慢地，他似乎弄懂了我們的意思，轉身踉踉蹌蹌地離開崖邊往裏面走回去，大家眼看着危機解除了不禁鬆了一大口氣。

但是，我連氣都還未吐完，竟看到他猛地一轉身又往崖邊歪歪斜斜地跑過去。

「啊——。」大家不約而同地大聲驚叫起來。

他顛跛着瘋狂地衝到崖邊，眼看着就要衝下崖底去了。

「哇呀——。」女孩子嚇得掩住了臉。

他卻突然地止住了脚步，並對着我們高興地又叫又跳起來，猛向我們擺腰肢，手舞足蹈，邊跳還邊把手中的塑膠袋湊到臉上去吸。

「混蛋！」我不禁憤恨地在心中暗罵起來。

他似乎是愈跳愈起勁，一會兒把雙手平伸學老鷹展翅在崖的邊緣上跑來跑去，一會兒又把身體倒在地上學着猪仔一般打滾，把大家看得心寒了一陣又一陣。尤其當女孩子們看得忍不住尖叫起來的時候，他便興奮地站起來跳躍，向我們做鬼臉。

「王八蛋，這種人管他去摔死！」林按捺不住狠狠地咒駡起來。

「我想他是愈看到這麼多人在看他，便愈是高興，我們都走開，他一定會感到沒趣自己離去。」我勸慰大家說。

於是大家聽了我的話相繼離開，我留在最後走，當我轉身要離開的時候回頭看了看，發現他也停下了動作站在一顆巨石上拚命地往這邊張望。

圍坐在相思樹下，大家面面相覷，雖然大家都沒有說一句話，但是從彼此流露出的神情可以體會到一股焦躁不安的氣氛。這眞是令人發瘋的時刻，從這苦悶的寂靜中，我清楚地感到大家的心思都還留在對面懸崖上。

如此僵持了大約有半個多鐘頭，我實在忍不住了，便立起身來向大家說。

「我去看看他走了沒有，你們都坐在這裏不要過來。」

我說完發現大家都只是楞楞地看着我，沒有人回聲，我於是半蹲着身子往崖邊慢慢挪去，我剛起身沒走幾步，他們竟也陸陸續續地站起來從我後面跟隨而來。

「叫你們不要來！」我惱怒地回過頭駡他們，大家卻都不吭一氣，只是默默地跟隨我往崖邊挪動。

我小心翼翼地潛行到崖邊，引頸往對面望去，發現那個穿白衣服的年輕人還坐在巨石上往這邊張望，我慌忙把頭一低想躲開他的視線，但是他卻已經看到了我的行藏，從巨石上站起來，手足舞蹈興奮地大叫。

我只得懊惱地站出來，大家也陸續湧回到崖邊來。這個計策又失敗了，我不禁想憤怒地仰天咆哮。

這混蛋，這混蛋……。我不斷地在心中咒罵。

勸他他不走，不理他疏遠他想使他自行離去也不成，這……，到底要怎麼樣才救得了他呢。一種近乎挫敗的羞辱感猛襲上我的心際。

「人家要救他他還不知道好歹，幹，乾脆用石頭丟死他！」林又憤怒地破口大罵起來。

林這句「用石頜丟他」突然打動我的靈感，中國人常說「敬酒不吃吃罰酒」，軟的不成乾脆來硬的，只要救得了他，卽使用石頭丟他也算不得罪行。

「大家用石頭丟他，把他嚇跑。」我向他們建議。

於是大家便彎腰檢石頭往對面擲去，因爲大家心裏都有所顧忌，所以丟過去的石頭故意失掉準頭，或擲到旁邊去，或力氣沒用足掉到深谷中。

那白衣少年看着石頭飛過去，慌忙地躲到巨石後面掩藏，但是過了一會便大膽地站了出來，拍手大叫做鬼臉，還裝出接棒球一樣的動作想接住我們丟過去的石頭，甚至更瘋狂地在崖沿上豎蜻蜓起來。

我目不轉睛地看着那攀掛在崖上的身子，像蛇一般扭動着，或許他已眞正體會到恐怖了吧，正在拼命地往上掙扎。

這個舉止眞把大家氣炸了，也把大家嚇得冷汗直冒。

「走啦，走啦，幹，讓他摔死算了，這種人沒有救啦！」林跳脚噻叫，嘴裏猛喊着走，卻看不出他有走的意思。

這時，不知怎地我反而慢慢地冷靜了下來，一種類似悲哀類似滑稽的感受漸漸取代了心中的惱怒，我默默地坐下來，仔細地看着他的表演。

「喂，你們看，你們看！」一個女孩子驚叫着，用手指着對面，我看到她臉色蒼白，嘴唇驚駭得細碎地抖動着。

我緊盯着他瘋狂的表演，旣然救不了他那麼就讓我冷眼地旁觀吧。他這時似乎已完全失掉理性了，竟故意把一隻脚放到崖外擺動，把整個身體的重量移到那隻站在崖上的脚上。擺啊擺的，擺得我冷靜的心也寒起來不停地悸動着，看着他的身軀不斷晃動，愈晃弧度愈大，忽然——，閃電一般地眼看着他的身子一滑摔了下去。

「啊——」隨着大家的尖叫聲，我霍地站起來。待我打一個冷顫驚醒過來的時候，已看到他雙手攀掛在崖壁上，而整個身子懸在崖外去了，我倒抽一大口冷氣，連鼻息都摒住，環視周遭但見大家一個個都呆若木鷄，臉色慘白。

「加油加油，加油。」不知道誰先開始輕聲喊叫起來

加油加油加油……，愈喊愈大聲，愈喊愈多人，最後大家都賣命地嘶吼起來。

加油加油加油……。

求生的意志使他一分分一寸寸地把身子往上吊起，向崖面攀上去。

大家忘我地嘶喊着鼓舞他，廻聲在谷間激成綿綿不絕的音浪。

看着白色的身影慢慢地挪上去，好不容易上半身已挪回崖上去了；大家正替他高興歡呼的當兒，白色的身影卻在此時靜止了下來，或許他是在停下來喘喘氣吧。但是命運並不給予他喘氣的機會，忽地，只見他的身影又往下急速滑落，這回他沒能再攀得住，猛然像一顆石頭般往深谷中栽落下去，我清楚地看到最後一刻他在空中張得大大求取援助的雙臂。

「哇——。」一陣令人驚怖的驚叫聲從我背後猛地竄起。一時之間我像被冰水兜頭淋下一般，冷意自我腦頂直灌到脚底。

許久，許久，大家都緘默着，然後我聽到女孩子們斷斷續續地抽泣起來。

崖上的風兇猛地吹着，我楞楞地望向對面空曠的崖面，再望望深得渺渺茫茫的谷底，看不到摔落下去的屍體。一種孤絕而悲凄的心情緩緩自我心中昇起，愈來愈強烈，我無意識地一再衡量着兩個山崖之間的距離，還有這道可恨，可畏，可敬的長長地而又實實在在存在着的深谷……。

附錄

評放鷹

彭瑞金

「放鷹」的寫作動機是非常深遠的，寫一羣在現實世界最閃亮的電影圈卻見不到亮光的地方賣命討生活的武行演員。在題材上作者同時掌握了對卑小人物的同情和揭露了對現實暗面的批判，這是年輕新興的道德力量。在現實生活簡單的二分法下，總認爲在電影界工作的人都是日進斗金，生活既豪華又浪漫的，何曾想到那裏面也有這麼不公平的一面？有這麼多見不得人的事？這一點足够證明作者接納了現實文學的徵召，發揮了不平凡的細膩同情心，這將成爲日後吳錦發作品發展非常可觀的據點。作者透過導演、劇務階層和武行演員之間的矛盾，提出了小人物內心的控訴：「只要出得起錢，便可以不顧人家死活嗎？」導演要「藝術」、「逼眞」、「生動」，演員便要流血、受傷，甚至摔死。滿身肥肉的導演不但在利益上佔盡便宜，大撈一筆，而且有錢、有權「什麼都可以幹？」；而當武行演員的儘管內心忿怒不滿，並試着反抗、咀咒「那傢伙不是人。」、「雖然形狀是人，但他們沒有心靈……」。然而「爲了生存……沒有太多的時間考慮這些。」不得不屈服在生活的鎖鍊之下。

表面上這是電影圈的小故事，但又何嘗不可看做大現實世界弱肉強食的縮影呢？作者牽強地附上放鷹的線索就洩露了人生嘲諷的意圖了。這裏安排了雖然有多重而不易十分明確的象喻，但我們仍能體會一點，鷹的凶猛是武行演員的威武，但是生活、家庭的枷鎖把他們擊敗了，爲了生活，爲了養育小孩，不得不冒險幹武行，然而幹武行隨時都可能像那隻中了獵槍的老鷹一樣，無力保護自己的幼鷹。低沈而傷感的人生調子我們是能感應到的。作者又故意讓被權勢階級把玩的小人物——武行演員——去把玩失去母親的小鷹，還用繩子綁着牠們，說是擔心「牠們還不懂得獵食，放掉牠們反而會害死牠們。」但是追根究底，孰令致之？不是先奪去了牠們的母親的生命，牠們又何至於落爲人們一面把玩，一面憐憫的可憐對象？最露骨的是綁在牠們脚上的尼龍繩子，用小鷹象喻小孩，尼龍繩豈不成了命運的鎖鍊？如是惡性的人生循環豈不成了薛西佛斯滾石上山的神話？玩弄人者不免也聽人玩弄，冥冥中命運的鎖鍊早把一切連結在一起了，作者提出這點是相當嚴肅的人生質疑。……（後略）。

劇力萬鈞的「巨鼠」

葉石濤・彭瑞金

彭：「巨鼠」的作者是吳錦發，我們上個月曾經討論過他的一篇作品——「放鷹」，我記得您當時特別推崇他寫出了素少人知的電影內幕。這篇「巨鼠」寫的雖然不是電影界，倒是進一步地把拍電影的技巧應用在寫小說上了。這篇作品描寫一位洗衣店的老板和狡猾的「巨鼠」間人鼠纏鬬的事件。狡猾的巨鼠帶領一羣鼠輩，不但咬壞了店裏客人的衣物，而且咬死了一籠的鴿子，弄得這個主人茶飯不思，精神恍惚，雖然想盡辦法也制服不了它，打，打不到；毒，毒不死；籠子套不住，直至精疲力盡，好不容易才把它逮住了，一家人爭執着怎麼解決它，有人主張溺死它，有人主張棒子打，有人要吃它的肉，最後受害最劇的旺仔堅決主張慢慢折磨它，不要讓它死得太痛快，終於把牠帶進浴室，關上門窗，放出狼狗——露茜去追逐，桀驁不馴的巨鼠在這狹小的空間裏，慢慢嚐到了死亡、恐懼的滋味。一開始旺仔看着狗鼠奔逐，逗得他哈哈大笑，巨鼠也還有凶猛的姿態，漸漸地巨鼠在死亡的恐懼下，現出了絕望的神情，使得旺仔自慚自己的卑鄙，突然猛打露茜的頭，要打開門窗放巨鼠出去，可惜太晚了。

作者處理這篇作品，套句電影廣告詞，可謂是情節緊凑，緊張刺激，尤其最後狗鼠之鬪，眞有點驚心動魄，這些恐怕應該歸功於作者對電影的認識。作者有意透過這篇作品討論人性的執着問題，人類常有爲了恨，爲了愛迷失自己的本性而執迷不悟，然而一旦醒悟爲時已晚。作者很可能是爲了闡釋人生這種現象，而假設了這個人鼠相鬪的事件，所以事件的本身雖不眞（太過戲劇化），但人與鼠或許是人生事象的一種濃縮，譬如老鼠本來是膽小的，狹詐陰暗的，而人爲萬物之靈，比老鼠巨大，有人性、會思考……，我們不便胡猜作者明確地指陳什麼，但我們感覺到這裏面有足以打動我們心靈的東西，這就是這篇作品的妙處了。

本篇作品刋載時，第一天和第二天之間稍感銜接不上，今天看了作者寄來的原稿，才知道原來是編排時漏掉了一段，但還不至於影響到全文的意思。

葉：我認爲吳錦發是一位潛力雄厚的新作家，上一篇「放鷹」我贊賞他取材新穎。這一篇「巨鼠」從頭到尾是用寫實主義的方法描述老鼠的樣子，晚上偸偸出來吃食的情形，一家人對付老鼠的情形，怎麼折磨它，都寫得非常生動。但是通篇讀完之後，我們也可以發覺，作者要在作品中灌輸一種觀念的意圖很濃厚，完全是現代小說的寫法。你剛才也提到他先有一種觀念，再給它套上假想的事件表達出來，我想是不會錯的，可是我們讀過這篇小說之後，要進一步追問作者到底要告訴我們什麼事，卻不易明白解釋清楚。我心裏想是不是可以把人與鼠之間的鬪爭比喻爲兩個極限間的爭執，象徵人跟整個環境的鬪爭，人絞盡腦汁要征服環境，想衝破、改變環境，但最後卻依然不得不屈服於環境的強大壓力下。我也不敢肯定作者的本意是不是這樣。作者有意把這篇作品以象徵的手法寫成寓言的形式，除非作者有進一步的暗示，我們不能保證解釋得正確。雖然沒有人能否認這是一篇成功的短篇小說，但是最後這一點令人無法肯定作者要告訴我們什麼「觀念」，可能也就是這篇作品失敗的地方。你剛才提到作者是以電影的手法來表現，我也發現了。譬如寫洗衣店的老板因爲心裏恨死了那隻大老鼠，所以在盛飯的時候不知不覺用飯匙塑成了老鼠的雕像，這樣的鏡頭我在「第三類接觸」這部電影裏也發現到了，裏面的人物因爲受到心靈的感召，盼望魔山的樣子，手裏便不知不覺造了山的形象了。所以你提到的這一點，是作者最高明的一點，他把許多現代電影的方法，應用在他的小說作品中。

彭：好像所有的現代藝術沾了「現代」這兩個字便和「不能明確地被解釋」結了不解緣，現代詩、現代畫最不易被傳統社會接受的理由就是不能明確地解釋，我不知道是不是小說沾上了現代也應該這個樣子，至少這篇小說是能夠讓我們感動，心有戚戚焉，但是的確又有不能肯定什麼的感覺。

葉：所以作者表面上用很寫實的手法寫人、寫老鼠，其實骨子裏卻有極強烈的主觀想要表達出來，在方法上是新穎的，可是在效果上卻又未必了。

後記

吳錦發

這是我的第一本書，出版這本書的心情是很複雜的，但總括起來是警惕多於喜悅。

最近，因爲協助拍攝鍾理和先生一生故事的電影，我又把理和先生的作品仔細看了一遍，深深爲作者誠實的胸懷所感動，估不論理和先生的作品將來在藝術的座標上占何位置，但是他經由作品所提示於我的「誠實」的風格，將永遠成爲我寫作的明燈。

尤其這幾個月，漸漸接觸到許多事，許多人，以及許多作品之後，更使我深深地體認到「誠實」對一個作家是多麼重要的一件事，忠於自己所思所想，透過一隻誠實的筆把它寫出來，要說作家有什麼責任的話，這恐怕就是唯一的責任吧。

收錄在這本集子裏的，都是我這兩年來，經常思考的問題，雖然我知道這些作品文筆不够簡鍊，技巧不够圓熟，但總還算是自己恭恭敬敬一字一字寫下來的，把它印成書出版，沒有別的意思，只願它當做我心路歷程的一面里程碑而已。

這些作品中，有些是我生長的故鄉——美濃，在歷經現代化的過程中所引發的一些問題，觸發我的靈感而寫下的；也有一部分是描寫我在從事社會工作時，所接觸到的現代都市的重要問題，另外一部分便是我現在從事的電影工作，我週遭的人，我週遭的事物，他們的苦難，他們的歡樂深深地感動了我，很自然地我就把它搬到稿紙上。而無論是屬於那一部分的作品，都是經過我深深思索後而發自於肺腑的吶喊，我不是什麼衞道者，更不想作什麼人物的代言人，我只是誠誠懇懇地記下我對這個時代，這個社會的思考與感情。

能出版這本書，應該感謝許多前輩與朋友，寫作是一條苦行的道路，沒有這些朋友在我跌倒的時候攙扶我，鼓勵我，我不會有足够的勇氣走完這條道路，尤其是鐵民兄，肇政叔，他們不但是我的良師亦是我的益友，他們在我初步踏上寫作的道路時，便不斷地督促我，告訴我作爲一個作家所應具備的胸懷與人格，還有鄭清文先生、李喬先生，他們往往在我發表一篇文章之後，便直截了當告訴我文章的缺點在那裏，應該如何地改進，有如此正直的師長兼良友眞是我的運氣。當然更應該感激我那有著些微固執，些微矜誇，但又充滿了仁厚胸懷的阿公，以及生我、育我，雖然沒唸多少書，但一直是活得光明磊落的父母，他們教我如何愛人，如何去包容這個世界，他們使得我面對一切事物的時候能够理直氣壯，毫無羞愧。

滄海叢刊已刊行書目（四）

書名	作者	類別
淸眞詞研究	王支洪	中國文學
宋儒風範	董金裕	中國文學
紅樓夢的文學價值	羅盤	中國文學
中國文學鑑賞舉隅	黃慶萱 許家鸞	中國文學
浮士德研究	李辰冬譯	西洋文學
蘇忍尼辛選集	劉安雲譯	西洋文學
文學欣賞的靈魂	劉述先	西洋文學
音樂人生	黃友棣	音樂
音樂與我	趙琴	音樂
爐邊閒話	李抱忱	音樂
琴臺碎語	黃友棣	音樂
音樂隨筆	趙琴	音樂
樂林蓽露	黃友棣	音樂
樂谷鳴泉	黃友棣	音樂
水彩技巧與創作	劉其偉	美術
繪畫隨筆	陳景容	美術
都市計劃概論	王紀鯤	建築
建築設計方法	陳政雄	建築
建築基本畫	陳榮美 楊麗黛	建築
中國的建築藝術	張紹載	建築
現代工藝概論	張長傑	雕刻
藤竹工	張長傑	雕刻
戲劇藝術之發展及其原理	趙如琳	戲劇
戲劇編寫法	方寸	戲劇

滄海叢刊已刊行書目（三）

書名	作者	類別
寫作是藝術	張秀亞	文學
孟武自選文集	薩孟武	文學
歷史圈外	朱桂	文學
小說創作論	羅盤	文學
往日旋律	幼柏	文學
現實的探索	陳銘磻編	文學
金排附	鍾延豪	文學
放鷹	吳錦發	文學
黃巢殺人八百萬	宋澤萊	文學
燈下燈	蕭蕭	文學
陽關千唱	陳煌	文學
種籽	向陽	文學
泥土的香味	彭瑞金	文學
無緣廟	陳艷秋	文學
鄉事	林清玄	文學
韓非子析論	謝雲飛	中國文學
陶淵明評論	李辰冬	中國文學
文學新論	李辰冬	中國文學
離騷九歌九章淺釋	繆天華	中國文學
累廬聲氣集	姜超嶽	中國文學
苕華詞與人間詞話述評	王宗樂	中國文學
杜甫作品繫年	李辰冬	中國文學
元曲六大家	應裕康 王忠林	中國文學
林下生涯	姜超嶽	中國文學
詩經研讀指導	裴普賢	中國文學
莊子及其文學	黃錦鋐	中國文學

滄海叢刊已刊行書目(二)

書名	作者	類別
世界局勢與中國文化	錢穆	社會
國家論	薩孟武譯	社會
紅樓夢與中國舊家庭	薩孟武	社會
財經文存	王作榮	經濟
財經時論	楊道淮	經濟
中國歷代政治得失	錢穆	政治
憲法論集	林紀東	法律
黃帝	錢穆	歷史
歷史與人物	吳相湘	歷史
歷史與文化論叢	錢穆	歷史
中國歷史精神	錢穆	史學
中國文字學	潘重規	語言
中國聲韻學	潘重規 陳紹棠	語言
文學與音律	謝雲飛	語言
還鄉夢的幻滅	賴景瑚	文學
葫蘆・再見	鄭明娳	文學
大地之歌	大地詩社	文學
青春	葉蟬貞	文學
比較文學的墾拓在臺灣	古添洪 陳慧樺	文學
從比較神話到文學	古添洪 陳慧樺	文學
牧場的情思	張媛媛	文學
萍踪憶語	賴景瑚	文學
讀書與生活	琦君	文學
中西文學關係研究	王潤華	文學
文開隨筆	糜文開	文學
知識之劍	陳鼎環	文學
野草詞	韋瀚章	文學
現代散文欣賞	鄭明娳	文學
藍天白雲集	梁容若	文學

滄海叢刊已刊行書目(一)

書名	作者	類別
中國學術思想史論叢(一)(二)(三)(四)(五)(六)(七)(八)	錢穆	國學
兩漢經學今古文平議	錢穆	國學
中西兩百位哲學家	鄔昆如 黎建球	哲學
比較哲學與文化	吳森	哲學
比較哲學與文化(二)	吳森	哲學
文化哲學講錄(一)	鄔昆如	哲學
哲學淺論	張康譯	哲學
哲學十大問題	鄔昆如	哲學
孔學漫談	余家菊	中國哲學
中庸誠的哲學	吳怡	中國哲學
哲學演講錄	吳怡	中國哲學
墨家的哲學方法	鐘友聯	中國哲學
韓非子哲學	王邦雄	中國哲學
墨家哲學	蔡仁厚	中國哲學
希臘哲學趣談	鄔昆如	西洋哲學
中世哲學趣談	鄔昆如	西洋哲學
近代哲學趣談	鄔昆如	西洋哲學
現代哲學趣談	鄔昆如	西洋哲學
佛學研究	周中一	佛學
佛學論著	周中一	佛學
禪話	周中一	佛學
公案禪語	吳怡	佛學
不疑不懼	王洪鈞	教育
文化與教育	錢穆	教育
教育叢談	上官業佑	教育
印度文化十八篇	糜文開	社會
清代科學	劉兆璸	社會